TEMPO DE FUGA

AMADEU LOPES SABINO

TEMPO DE FUGA

KOTTER EDITORIAL

Coordenação executiva: Sálvio Nienkötter
Editor: Marcos Pamplona
Capa, ilustração e design editorial: Carlos Garcia Fernandes
Produção: Cristiane Nienkötter
Preparação de originais e revisão: Carlos Sousa de Almeida

Dados Internacionais de Catalogação na Publicação (CIP)
Angelica Ilacqua CRB-8/7057

Sabino, Amadeu Lopes
Tempo de fuga / Amadeu Lopes Sabino. -- Curitiba: Kotter Editorial, 2022.
184 p. : il.

ISBN 978-65-5361-013-2

1. Ficção portuguesa 2. Ficção policial I. Título

CDD P869.3

22-1353

KOTTER EDITORIAL

Kotter Editorial Ltda. - Brasil
Rua das Cerejeiras, 194
CEP: 82700-510 - Curitiba - PR
Tel. + 55(41) 3585-5161
www.kotter.com.br | contato@kotter.com.br

Feito o depósito legal
1.ª Edição
2022

AMADEU LOPES SABINO

TEMPO DE FUGA

Luís Pedro Rodrigues Blanch
In memoriam

"Se pudéssemos imaginar uma encarnação da dissonância – e que outra coisa é o homem? –, necessitaria tal dissonância, para poder viver, de uma ilusão maravilhosa que cobrisse a sua própria essência com o véu da beleza."
Friedrich Nietzsche, *A origem da tragédia*, parágrafo 25

Quod licet Iovi non licet bovi
Adágio latino

SUMÁRIO

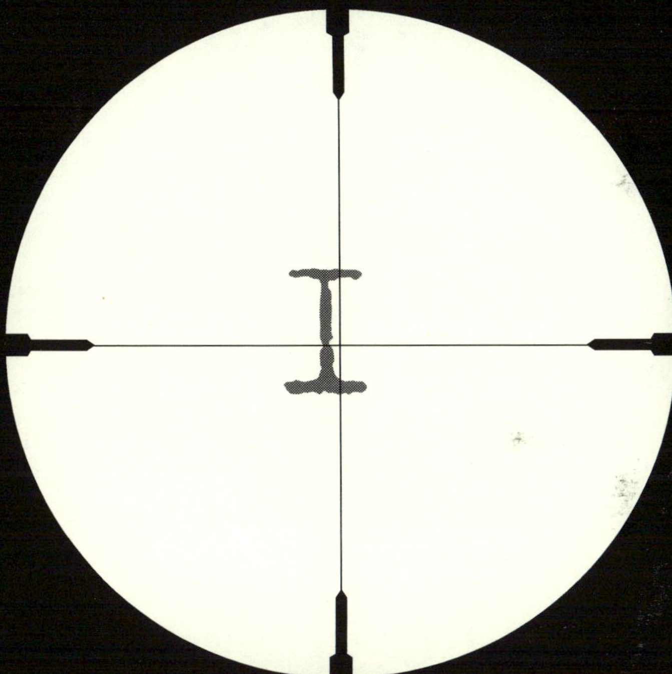
I

Hoje matei um homem. É com dificuldade que escrevo esta sentença: matei um homem. E, no entanto, tratou-se do fim de um percurso que, inevitavelmente, conduziria a este resultado. Escrevo em Madrid, acabado de chegar a um hotel da Castellana. Férias? De certo modo, sobretudo uns dias para colocar em ordem a vida, a mente e, já agora, os negócios. Deixo os negócios para as diligências financeiras que iniciarei amanhã e começo por arrumar a vida e, sobretudo, a mente. Se aqui estivesse, Ernst Bloch diria que é preciso expor o ser humano ao ar fresco e vigoroso. E talvez acrescentasse, com a ácida bonomia que o singulariza: o homem, esse enigma, pode tornar-se tudo, escuro e inacabado como é. Como o compreendo, depois dos acontecimentos recentes que marcaram a minha existência!

Há três longos meses, encontrava-me cativo numa casa da Stasi em Friedrichshain, em Berlim Leste, isto é, em *Berlin, Hauptstadt der DDR*. Três meses, uma eternidade. Pairava entre o sono e a vigília. Doía-me a cabeça, o corpo pesava-me como um objeto estranho, inerte, indiferente aos meus comandos. À minha volta tudo ruía. As paredes desmoronavam-se. O pavimento oscilava. O Spree saía do leito, inundava a Alexanderplatz, arrastava edifícios, carros, animais, pessoas. Um rio de lama e sangue corria ao longo da Alemanha, atravessava fronteiras, demolia obstáculos naturais, cidades e exércitos. Os céus em fogo. O mar cortado em faixas. Dos fundos marinhos saíam monstros. A Europa desaparecia. Lisboa era uma ilha no meio do mar tenebroso. Os polos aproximavam-se em deslocações sincrónicas. Blocos de gelo, grandes e recortados como catedrais góticas, liquefaziam-se no equador. Ao ritmo disfórico do *Crepúsculo dos deuses*, o rio de lama metamorfoseava-se num animal irado, um dragão de cabeça humana que percorria o planeta e regressava ao leito do Spree.

Esfreguei os olhos e cerrei os dentes. Ao longo de um corredor interminável ecoavam passos humanos, lentos e ritmados como pancadas de Molière de uma peça de que eu era o protagonista involuntário. Duas voltas na fechadura. Um grito. Um riso. Um estertor. Depois, o silêncio que precede os eventos funestos. À minha volta formavam-se imagens que, cercando-me como cadeias de aço, se diluíam em repetições de diferentes escalas. Pedaços do mundo exterior acometiam a sala, impunham uma ordem caprichosa ao caos da minha mente. Agarrei-me à mesa. Tentei erguer-me da cadeira. A mão pesada de Klaus deteve-me.

— Tenho frio – murmurei, primeiro em português, depois, num esforço da memória, em alemão. – O Spree inundou a Alexanderplatz... Vi...

— Não viste nada, camarada. – O olhar suave, o sorriso frouxo, um tremor na pálpebra do olho esquerdo, Klaus tentava um tom amigável. – A falta de sono provoca alucinações. Estás sem dormir há dois dias. Se quiseres ter comigo uma conversa franca, sem subterfúgios, podes tomar um banho e descansar. És um dos nossos. Descansas, antes de regressar ao trabalho.

— Estou preso... Há dias... noites. Quantos? – Ardiam-me os olhos. Atravessada por uma dor que já não me pertencia, a minha cabeça tornara-se um objeto sem dono. A torre da televisão despenhava-se sobre o Palácio da República. Um estrondo de percussões e metais isolava a capital da República Democrática Alemã do resto do universo. Em fundo discordante, o som de um violoncelo: uma suite de Bach.

— Não estás preso! – Klaus mudava de tom e de semblante, era agora veemente, quase ameaçador. Bateu na mesa com ambas as mãos. – Não prendemos comunistas. Convidamo-los a colaborar. É isso que te proponho. Só prendemos agentes do inimigo. Ou antes: cabe à Stasi, não a mim nem àqueles com quem temos trabalhado, prender agentes do inimigo. Que eu saiba, não é o teu caso. Ou será?

— O inimigo. O amigo. *Der Feind. Der Freund.* – Soltei uma gargalhada que me feriu os tímpanos. Vinda de um altifalante invisível, uma música militar ia aumentando de volume. O hino da República Democrática Alemã: *Deutschland einig Vaterland / Alte Not gilt es zu zwingen / und wir zwingen sie vereint...* Um batalhão dos Kampfgruppen descia a Unter den Linden, avançava através da Porta de Brandemburgo. O muro dito de proteção antifascista desabava ao som da charanga da classe operária. A conquista da Europa pelo proletariado.

— O socialismo. O Estado operário e camponês. – A voz de Klaus ecoava nas minhas alucinações. – A fidelidade à República Democrática Alemã, parte integrante da luta contra o fascismo. Foi esse o sentido da tua vinda para Berlim, enviado por um partido irmão. Foste o escolhido, onde muitos foram os chamados.

— Sei alemão, penso e escrevo em alemão, o que em Portugal não é propriamente comum. Não sei se eram muitos os chamados. Mas não havia muito por onde escolher. Ou havia?

Klaus fez como se não me tivesse ouvido.

— Repito: foste o escolhido para uma missão destinada a deslindar a cabala de um intelectual decadente levada a cabo com o apoio dos serviços secretos de Bona e de Washington. Era isso que te era exigido: desmascarar uma conspiração imperialista. Ou julgas que vieste ter por acaso à capital da RDA? Por decisão própria? Tu!? Nem penses nisso.

— Escolhido!? Quando!? Por quem!? – A minha cabeça era um fardo.

Klaus continuava sem me responder.

— Não esqueças as tuas obrigações. Colaborar connosco é continuar em Berlim a luta que iniciaste em Lisboa contra o fascismo português. Contra o colonialismo... o imperialismo... o salazarismo.

— Estou aqui às ordens da Stasi? É assim? Porquê?

— A Stasi possui dados suficientes para concluir que foste manipulado pela CIA. Manipulado, ouviste bem? Foste o instrumento do inimigo. Involuntário? Em certa medida, pelo menos. Ou talvez não.

— Pela CIA!? – Tentei erguer-me, tentei subir a voz. – Pela CIA!?

— Vamos ser claros. Encontras-te numa casa da Stasi desde que regressámos de Tübingen. Dizem-me que te recusas a responder ao essencial do que te perguntam. Por isso esperam que me contes, a mim, teu amigo, tudo o que sabes. Posso ajudar-te a redigir um depoimento exato de tudo o que se passou.

— Uma confissão, é isso? É isso que pretendem? – Ouvia o eco remoto da minha voz.

— Uma confissão, se assim quiseres. Também eu quero terminar o meu relatório sobre o caso Ernst Bloch. És uma das peças principais. De certo modo, a principal. Quero todos os pormenores. Todos os participantes. Todos. Os objetivos mais recônditos. Deves contar tudo. A propósito, que significa este escrito que encontraram na tua carteira? "Na separação, o instante passado toca-nos diferentemente, sobretudo se não foi vivido até ao fim, razão por que nos atormenta. Sobre esta vida mutilada, atingida na primeira floração, há uma história que, não sem razão, provém do escritor popular Gerstäcker, um Biedermeier tardio." À margem, quase ilegível, uma nota: *Vejamos Gerstäcker*. Depois, um rabisco que parece um II. Que é isto, Gerstäcker II? Dois, porquê dois? Porquê segundo? É mesmo um II romano que aqui está escrito? A quem corresponde este pseudónimo esdrúxulo? – Klaus falava-me ao ouvido.

— Sabes melhor do que eu que Friedrich Gerstäcker é um escritor de aventuras do século passado. É só isso. Não me coube escolher o nome da Operação Gerstäcker. Nem o nome, nem o objetivo, nem o conteúdo, nem...

A voz de Klaus subiu duas oitavas:

— Peço-te a colaboração própria de um camarada.

— Um camarada? Há dias que estou preso. Sem dormir, guardado por dois...

— Dois camaradas da Stasi. Tudo pode terminar se colaborares. Só tu conheces os dados completos da operação. Mielke aceita que sejas tratado como um colaborador. É por isso que não estás numa cela da Hohenschönhausen. Estás numa das casas onde a Stasi recebe colaboradores e certos hóspedes especiais, chamemos-lhes assim. Numa sala com janela. Por enquanto. Dispões da tua roupa, de papel e caneta. Tens à tua disposição a tua carteira. Com o dinheiro. Por enquanto. Tudo pode mudar. Espero que não.

Senti-me possuído por um misto de desespero e impotência, preso numa armadilha de que Klaus era o responsável máximo ou, pelo menos, o executor. Uma sucessão de entes, objetos, coisas, de formas e escalas diferentes, projetava-me no infinito.

— Que significa tudo isto!? – Tentei gritar. A voz perdia-se-me num soluço interminável. – Onde me meteram? Quem quer a minha pele? Que cabala é esta? Quem és tu? Ator de teatro? – O alemão faltava-me. Passei ao francês: – *Le grand inquisiteur*? Que pretendes provar e a quem? Exijo falar com Mielke, ou com alguém do comité central ou do governo. Ou com...

Klaus teve um sorriso de mofa:

— Mielke? Alguém do governo? Do comité central? Que importância te dás a ti próprio, meu pobre Mathias! Já me tinham dito que és megalómano. Não acreditei. Mas a conspiração que te propuseste chefiar contra a Alemanha Democrática só podia, de facto, ser obra de um megalómano.

— Conspiração? Se conspiração houve, foi mais tua do que minha.

— Voltemos à realidade – disse Klaus, aparentando calma. – Quem foi o autor da ideia de entregar o poder da República a um pensador reacionário? Tu, certamente. Quem te encomendou a missão? Os serviços secretos de Bona? A CIA? Die Rote Kapelle? É a estas perguntas que tens de responder. Sem subterfúgios.

No interior da desrazão que me sufocava, ouvia o Don Carlo de Schiller falar pela voz de Klaus:

Ele não tinha por vós nem desdém, nem cólera.
Teria podido tornar-vos felizes e amados.
O tesouro do seu coração poderia, se o quisesse,
enriquecer os vossos espíritos com tudo o que tinha a mais.
Da sua razão superior, um só átomo, iluminando-vos,
teria feito de todos vós seres mais do que humanos.
A infelicidade é vossa tanto quanto é minha,
onde voltareis a encontrar um coração como o dele?

— Gerstäcker! Não voltareis a encontrar uma mente assim – murmurei. E em voz alta: – Estou exausto. – A música patriótica regressava. Ensurdecedora. *Deutschland einig Vaterland*. O Regimento Felix Dzerzhinsky desfilava pela Karl-Marx-Allee. – Estou exausto. – Deixei cair a cabeça sobre a mesa.

Klaus abanou-me.

— Não dormes enquanto não cooperares. É a regra. Não me compete modificá-la. Por enquanto, ninguém te quer na prisão, mas tudo tem um preço. – Voltou a erguer a voz, veemente, ameaçador: – Uma cela sem luz solar. As mãos sob as pernas nos interrogatórios em que te deixam sentar. Ou então ficas de pé durante horas, dias, enquanto te interrogam. – Sentou-se. Acendeu um cigarro. Estendeu-me o maço. – Serve-te. É *Marlboro*. Do Ocidente. Quem é este suposto Gerstäcker II? Porquê “dois”? – Leu: – “Uma história terna e sentimental, no tom crepuscular do século XIX, com toda a carga romântica que se alimenta do tema da separação. É no sentimento semiautêntico que as suas flutuações assumem as cores mais puras. A separação é já sentimental." Uma verdadeira miscelânea idealista. – Fez uma pausa de efeito. – Quem é este Gerstäcker? – Um dos esbirros que me vigiavam entrou com duas chávenas de café. Klaus colocou uma na minha frente e insistiu: – Quem é este Gerstäcker?

— Mas tu sabes quem é! O escritor que nunca li. A ideia da Operação Gerstäcker não é minha, e tu sabe-lo bem. E sabes quem a concebeu. – Esforçava-me por elevar a voz. – Que significa essa pergunta? Que se passa?

— Que é ou quem é *Gerstäcker Zwei*? Por que razão gritaste *Gerstäcker Zwei* na reitoria de Tübingen? Que código é esse?

— Não sei a que te referes. *Gerstäcker Zwei!*? – Encolhi os ombros. – Não disse nada disso. Nada! Código!? Qual código!? – Hesitei. – Quando muito terei dito *zweitens* ou *zum zweiten Mal*. Ou seja, terei dito: *Gerstäcker pela segunda vez!* Ou então: *Mais uma vez Gerstäcker!* – Tentei a veemência. – Ninguém se entendia naquele cafarnaum. Possivelmente recordei pela segunda vez que nos encontrávamos em plena Operação Gerstäcker. O desconcerto era total, ninguém ouvia. Ou não era assim?

O outro não respondeu. Um relâmpago atravessou a janela. Depois um trovão. A noite aproximava-se. Mais uma, a terceira, contei. Ou seria a quarta? Ambos fumávamos em silêncio. Klaus folheava um dossiê, tomava notas, sublinhava com um marcador. As catástrofes regressavam. A catedral abanava como um baralho de cartas. O Spree submergia a Ilha dos Museus. O Altar de Pergamon afundava-se nos oceanos.

— Não adormeças, ou então terei de chamar os camaradas da Stasi – gritou Klaus. – Acaba o café! Vou refrescar-te a memória. Tenho aqui os relatórios de Norma dos últimos sete meses. Vou ler as passagens mais significativas.

— Norma!? – A custo, ergui-me na cadeira. – Relatórios de Norma!?

Klaus folheava um dossiê, simulando resguardá-lo do meu olhar. Apercebi-me de folhas com a inconfundível letra de Norma Straube. Numa delas havia um título: MATHIAS, e um subtítulo: DIE VERGANGENHEIT. Teria Norma, ou alguém por ela, investigado o meu passado?

— "Um amante cortês, sentimental" – leu Klaus –, "mas pouco seguro. Não possui convicções... é espiritualmente aventureiro. Um humanista burguês, mais do que um revolucionário. Curioso, deseja sempre saber o que pode e o que não pode, nem deve. Ideal para a operação em vista. Um verdadeiro personagem dos livros de aventuras de Friedrich Gerstäcker. Há um século, poderia dedicar-se à caça à baleia ou participar na corrida ao ouro da Califórnia. No presente, preferiu abandonar uma carreira confortável e uma vida fácil em Lisboa para trabalhar na Radio Berlin. A meu ver, e posso afirmar que o conheço razoavelmente, está disposto a tudo." Fim de citação. Acrescento meu: "disposto a tudo para o nosso bem ou para o nosso mal." – Klaus espiava a minha reação. Murmurou palavras incompreensíveis, passou folhas sobre folhas e prosseguiu: – Aqui o mais interessante: "Intelectualmente preparado, não aceita as versões oficiais do marxismo-leninismo. Essa atitude está na origem da atração pela figura e pelo pensamento de Ernst Bloch." Os relatórios de Jürgen Erlanger a teu respeito vão no mesmo sentido. São mais precisos na caraterização dos teus (cito) "subjetivismo, individualismo e cosmopolitismo". Diz-me, por onde queres começar: por Norma, por Bloch, pelas noitadas boémias em Prenzlauer Berg?

— Por Klaus Lerner? – perguntei num fio de voz. A fadiga tornara-me indiferente ao que acabara de ouvir. Nada do meu corpo me pertencia. Eu não era eu. Era outro, era outra coisa, era Nada. Norma, Jürgen, Bloch, Klaus, Prenzlauer Berg, Tübingen, tudo se perdia no inferno do alheamento.

— Comecemos então por Ernst Bloch, esse teu guia espiritual.

— Intelectual, queres dizer. E nem tanto.

— Tenho aqui um texto que escreveste sobre o significado programático da teoria política de Bloch. A quem se destinava?

Tive um gesto de cansaço e enfado.

— A ti.

— Só a mim?

II

No dia 10 de outubro de 1970, sábado, um manto espesso de neblina e fumo cobriu Madrid. O aeroporto de Barajas encerrou. Depois de uma série de acidentes, o Ayuntamiento condicionou o trânsito automóvel e suspendeu os transportes públicos nas vias mais estreitas. Na segunda-feira, no regresso do fim de semana do Día de la Hispanidad, milhares de viajantes concentraram-se em filas intermináveis nas entradas da cidade. Nessa noite, o exército distribuiu cobertores e alimentos. Registavam-se agressões e roubos por toda a cidade. A pretexto de uma ameaça de assalto da ETA ao Banco de Espanha, a polícia prendeu dezenas de suspeitos de crimes contra a propriedade e contra o Estado. Permaneci confinado no Plaza entre 10 de outubro, dia em que cheguei a Madrid no voo imediatamente anterior ao encerramento de Barajas, e 15 de outubro, quando tomei o comboio para Paris, última escala na minha ida para Berlim. Todas as manhãs, pela janela do quarto, no décimo quinto andar do hotel, observava o percurso das volutas de cerração, tentando adivinhar o retorno de Madrid à normalidade climática e social. Tinha saído de Portugal num alvitre de mudança, e, no entanto, as visões de Lisboa invadiam-me a alma. Imaginava que, para lá do nevoeiro, corria o

Tejo. O cimo do monumento a Cervantes era o mastro de uma fragata. Os campos de Castela, que adivinhava no horizonte, desaguavam no Atlântico. Às vezes, nas horas ermas, interrogava-me, duvidava. Entrar na República Democrática Alemã como quem entra num convento? O regresso a Portugal, excluído por vontade própria, estava-me vedado pela possível ação da polícia política na sequência da prisão do meu controleiro. Dois dias depois de chegar a Madrid, liguei à minha mãe de um telefone público. "Três senhores dos que imaginas vieram esta manhã ver de ti", disse-me sem entrar em pormenores. "Comuniquei-lhes a tua ida para Berlim por razões académicas. Tomaram nota." Também a mais que provável intervenção dos meus camaradas comunistas me desaconselhava o regresso a Portugal. (Bem vistas as coisas, talvez fossem mandatários deles os tais senhores que tinham ido visitar a minha mãe.) "Camaradas!", suspirava, cada vez mais descrente de uma camaradagem de que, nessa época tão próxima e tão longínqua, não me julgava capaz de abjurar. Não confiava na solidariedade daqueles de quem dependia e que, durante ano e meio, me tinham mantido em Lisboa, esperando a credencial para Berlim Leste, sempre em vias de emissão e que jamais chegava. Mais do que isso: começava a ver no comunismo um arcaísmo pouco ou nada aproveitável. Acreditava nos dogmas do partido em que militava? Pouco, muito pouco ou nada. Nesse, como noutros domínios, preferia cada vez mais as dúvidas às certezas.

Mandava subir o pequeno-almoço e ficava horas em frente da janela, perdido em Lisboa, no meu quarto, nos cafés da Baixa ou num concerto da orquestra da Gulbenkian ou da Sinfónica da Emissora Nacional. Havia nesta última uma jovem segundo-violino por quem me tinha apaixonado (interessado seria o termo mais adequado). Manuela, Marina ou Mafalda, uma Carmen de pouca monta, trocara-me por um qualquer Escamillo assim que se apercebeu de que eu a rondava. Nas manhãs de Madrid, ela vinha partilhar comigo o café e os *croissants*. Seguia-se uma breve sesta matinal em que eu, qual *don* José, a possuía com êxtase homicida. A manhã terminava ao som do adágio do *Concerto para violino opus 77* de Brahms.

No dia 13, ao fim da tarde, quando me dirigia para a sala onde os hóspedes seguiam as notícias da rádio e da televisão, o *concierge* do hotel entregou-me o bilhete do comboio para França. Na incerteza dos desastres do clima, eu aguardava com apreensão o envio do bilhete pela agência de viagens e, animado pela entrega, quis gratificar o *concierge*. Este, elegante como um manequim, recusou polidamente a dádiva e, sem mais palavras, colocou nas minhas mãos um envelope fechado. Compreendi por que razão o meu contacto em Madrid me tinha reservado o quarto no Plaza. O *concierge* era o mensageiro.

No dia seguinte, às dez da manhã em ponto, instalei-me numa mesa do Barbieri. Um minuto depois, um homem de cabelos grisalhos e porte castrense sentou-se à minha frente sem pedir licença. Era Giménez.

— Somos pontuais – disse. – Como convém.

— Como clandestinos – observei, contendo a voz. Pela expressão do meu interlocutor, compreendi que fora inoportuno e tentei emendar: – Como no cinema.

— Como na zarzuela ou na *commedia dell'arte* – corrigiu Giménez. – Só tu és clandestino, eu estou em funções públicas. Com o conhecimento das autoridades. Estamos claros? Queres ver? – Chamou o criado. – Para mim, o costume, Pepe. E, para o meu amigo, um café puro. Como sempre.

— Certamente, *mi coronel*.

Vi-me refletido nos espelhos do café. Corrigi o nó da gravata cor de vinho, ajustei os ombros do fato *pied-de-poule*. O espelho devolveu-me a imagem de um homem ainda jovem, de estatura mediana, vagamente loiro, vagamente pálido e vagamente estrábico, que parecia perdido num *luna park*. Como Orson Welles e Rita Hayworth n' *A Dama de Xangai*, foi a comparação pouco tranquilizante que me ocorreu. Entreguei a Giménez uma pasta de cartão com documentos.

— Uma novidade – informei. – Dados sobre a estação do KGB em Karlshorst. E, o que é mais importante, os planos recentes de Wünsdorf. Atualizados.

— Atualizados? – Giménez abriu a pasta e folheou distraidamente os documentos. Abanou a cabeça, num gesto que tanto podia ser de agrado como de contrariedade. Senti-me observado pelos empregados, pelos espelhos, pelos clientes, pelo engraxador que se aproximou oferecendo o serviço. Suavam-me as mãos. Pedi aos céus que Giménez guardasse rapidamente os documentos.

— Diz-me o meu contacto que os planos de Wünsdorf são recentíssimos, da semana passada. – Baixei a voz. – Depois do encontro em Moscovo de Ulbricht com Kossyguine.

— E Brejnev?

— Também. Com certeza.

Giménez encolheu os ombros.

— Os americanos só se interessam por Brejnev – disse, num modo de tédio que teve o condão de me inquietar ainda mais. Fumava uma das cigarrilhas de cheiro insuportável que eram, desde o nosso primeiro encontro, a marca do coronel Giménez. – Os americanos consideram Kossyguine um homem acabado. Os meus patrões também.

— Compreendo. Mas os planos foram aprovados por Brejnev. Também. Sobretudo por Brejnev. Garantem-me.

— O teu suposto contacto fidedigno garante-te. É isso?

— Fiável. Contacto fiável. Efetivo. Real. De carne e osso.

— Fiável? *Quién sabe*! – No papel de agente secreto, Giménez propunha-se sempre deixar claro que sabia mais do que o interlocutor, eu, no caso de espécie. – Deixemos a questão em aberto. Quando iniciares as tuas prometedoras ocupações em Berlim Leste, veremos. Por enquanto, e até novos sucessos, recebes a taxa média. Tens o talão do depósito na pasta. Tens também um novo passaporte espanhol com uma nova identidade espanhola. Não te espantes. O Felipe González Sánchez que tens usado confunde-se com o Felipe

González Márquez, um advogado sevilhano que está a dar que falar. Um antifascista, diz ele. Tem futuro, possivelmente. Ou antes, mais do que provavelmente. O antifascismo voltou a ter futuro, talvez venha a ter presente em breve. Assim que saíres de Espanha, inutiliza o passaporte González. O teu novo nome é Julio Romero Ibañez, espero que gostes. Toma atenção. – Entre a irritabilidade e a cortesia, Giménez sublinhava as palavras. – Não entres com o passaporte espanhol na RDA. Deixa-o em Paris, nas mãos do contacto que consta das instruções que receberás amanhã através do meu homem no Plaza. E em Berlim Leste não faças nada. Rigorosamente nada, ouviste bem? Aguarda. Colige informação e aguarda. Ouve, vê e cala. Alguém te irá procurar. – Teve um gesto de hesitação. Já decidido, exigiu: – Dá-me um dos teus cartões de visita. Isso, isso, do Dr. Jorge Mathias, diretor-geral adjunto, etc., etc.

Perplexo, estendi-lhe o cartão.

— Um só? Chega?

Giménez rasgou o cartão ao meio, devolveu-me metade e guardou o resto no bolso.

— Assim. Quem te procurar em Berlim Leste entrega-te a outra metade. Guarda a tua metade entre cartões inteiros. E segue rigorosamente as instruções dos nossos homens, primeiro o de Paris, depois o de Berlim Leste. Não inventes! Não inoves! Prudência, *hombre*! – Levantou-se. Cofiou o bigode ralo, sinal em que eu identificava o fim da entrevista. Fomos saindo.

— Sou então um Julio espanhol – comentei, já na rua.

— Não dês nas vistas. Nada de visitas a familiares e amigos. Se encontrares alguém conhecido, arranja uma desculpa. Estás em viagem de trabalho imprevista. Podes até inventar um convénio de exportação de vinho a martelo ou uma história de amor com uma dessas Lolas que continuam a entusiasmar os portugueses. Cuidado com a Guarda Civil e com a gente da Político-Social. Prudência, *hombre*!

Senti um calafrio.

— Passa-se alguma coisa de especial? – perguntei.

— *No pasa nada* – respondeu Giménez, entre a irritabilidade e a cortesia. – Mas lembra-te de que não te posso cobrir. Já te expliquei que, formalmente, a Defesa não tem competências nestas matérias. Eu não existo enquanto teu contacto, o Julio Romero não existe, tu não existes para as autoridades militares. Para as outras ainda menos. Não esqueças a prudência e nada te acontecerá. Aproveita a última noite em Madrid para ir ver uma zarzuela ou um *tablao* flamenco. Ou então para assistires a uma dessas peças dos teatros independentes que a censura começa a autorizar sem que se entenda bem porquê. Vai ver. Sempre se aprende alguma coisa.

— O quê?

— Logo verás, logo verás.

Nessa noite, em *A alma boa de Setsuan*, de Brecht, no Reina Victoria, Núria Espert concluía que não era possível mudar o mundo através da bondade individual. Aí estava um ensinamento marxista, próprio de Brecht. Seria essa a aprendizagem que Giménez me destinava? Seria o oficial dos supostamente inexistentes serviços de informação do Ministério da Defesa espanhol um marxista encapotado? A hipótese convinha à minha consciência. De ascendência aragonesa pelo meu pai, tinha encontrado Giménez em 1964 numa festa de família, quando, recém-licenciado, iniciava funções no Ministério da Economia. O espanhol era, à época, conselheiro militar na embaixada em Lisboa. Houve empatia mútua e pontos de vista aparentemente próximos em questões de política internacional. Aparentemente, mas nos serviços de informação contam muito as aparências. Há até quem garanta que só contam as aparências, o que, tanto quanto sei, é um exagero. Comecei a transmitir ao espanhol relatórios sobre a política portuguesa, mais especificamente sobre as simpatias pró e antiamericanas na situação e na oposição. Dados sem grande importância, públicos ou quase, que tinham sobretudo a ver com a hostilidade de Salazar em relação às posições americanas, cada vez mais favoráveis à independência das colónias portuguesas. Eu empolava os factos, atribuindo a origem das informações a altos funcionários, a deputados, a ministros e a embaixadores, com quem dizia conviver. É verdade que, nas receções oferecidas pelo meu pai, diretor do Teatro Nacional de São Carlos, me cruzava com toda a espécie de hierarcas. De ouvidos afinados, ia cumprimentando à direita e à esquerda, enfiava a pele de partidário do regime para obter uma opinião de que fazia uma confidência. Sempre tive o gosto do secretismo e às vezes tornava-se-me difícil, frequentemente desnecessário, distinguir a realidade da imaginação.

Militei no partido comunista clandestino desde que, depois de dez anos de Colégio Alemão e outros tantos de cursos de verão em Münster, consegui convencer os meus pais a deixarem-me terminar os estudos secundários no Liceu Camões. A filiação numa entidade secreta antissalazarista fazia parte da iniciação de um adolescente com aspirações de liberdade e aventura. A minha militância limitava-se, porém, a façanhas de pouca monta, que passavam pela distribuição de propaganda e, já na universidade, no apoio a ações académicas patrocinadas pelos comunistas. Secretamente, claro. Preparou-me, contudo, para entender como aceitável tudo aquilo que se opusesse à política colonial portuguesa, de que o meu pai, um conservador impenitente (chamemos-lhe assim), era um ardente partidário. A partir dos oito anos de idade, no verão, eu convivi em Münster com a família do *Doktor* Keller, um amigo do peito do meu pai. "Amigos de outras vidas", diziam ambos, referindo-se metaforicamente à época do III Reich. A simpatia calorosa dos Keller, em cuja residência me hospedava para seguir, durante duas semanas, cursos intensivos de alemão, foi para mim o modo oportuno, e anualmente apetecido, de me afastar do mundo cortante dos meus pais, peritos em fazer da família um campo devastado. Quando, aos dezoito anos, percebi que o *Doktor* Keller considerava a política colonial de Salazar a herdeira genuína da mensagem civilizacional do nazismo, disse em casa que preferia outras ocupações linguísticas estivais. O meu pai aceitou trocar o aperfeiçoamento anual do alemão pelo do inglês, e as duas semanas em Münster por um mês em Boston. A título de desagravo, impôs-me lições de patriotismo que consistiam no estudo dos medíocres compositores do nacionalismo português. Num 10 de junho, num concerto no Conservatório, fui aplaudido pelo ministro da Educação (colega do meu pai em Coimbra) na interpretação de uma das *Sinfonias Camonianas*, de Ruy Coelho. Tomei a homenagem do ministro por uma provação intolerável. Considerei-me um prisioneiro de consciência.

A minha liberdade de escolhas estéticas só ficaria assegurada quando o meu pai começou ostensivamente a desertar a morada familiar, o que, para felicidade de ambos, aconteceria pouco depois. Nesse, como noutros domínios, aceitaria tudo para o contrariar, até servir de espião (evitava o termo, numa manifestação de pudor de que mais tarde me libertei) a soldo dos franquistas que, convictamente ou não, admitiam o princípio da autodeterminação dos povos, cumpriam como podiam as resoluções da ONU e concediam a independência às colónias que tinham sobrado do império espanhol.

"Convictamente ou não!", pensava sempre que o coronel Giménez me ressarcia financeiramente pelas informações. As entradas de dólares, moeda universal da espionagem, depositadas numa conta confidencial da Caja de Ahorros y Monte de Piedad de Zaragoza, Aragón y Rioja (só o nome valia uma zarzuela), permitiam-me praticar um dandismo moderado, que consistia em vestir-me no Nunes Corrêa e em convidar amigos, sobretudo amigas, para o Tavares ou para Seteais. Tinham-me por rico, herdeiro de fortunas africanas pelo lado da minha mãe e de ações alemãs pelo lado do meu pai, germanófilo nas finanças tanto quanto na música, na política e no governo da família. Convictamente ou não, as notas verdes resolviam-me os ocasionais problemas de consciência, ideológica, cívica, patriótica, etc. O *et caetera* incluía escrúpulos a propósito de documentos confidenciais do ministério em que era técnico superior e que o coronel Giménez exigia e pagava pontualmente. Os memorandos, dirigidos a Salazar, versavam as consequências negativas da guerra colonial para as relações externas da economia portuguesa. Quando entregava as mais pessimistas, algumas pertinentemente alteradas por mim nas conclusões, via-me no papel de um *mastermind* da política nacional, capaz de orientar o país no sentido da liquidação do império que o meu pai e o *Doktor* Keller tanto veneravam. Discreto nas relações de trabalho, consideravam-me pouco ambicioso, defeito apreciado pelos comandos da função pública. Foi assim que, para neutralizar competidores impertinentes, o secretário-geral do ministério (outro colega do meu pai na Faculdade de Direito de Coimbra) me ofereceu um posto diretivo, com privilégios de escritório e secretária.

Era com uma certa presunção que entregava a Giménez cópias dos documentos mais reservados do gabinete do ministro. Com idêntica imodéstia, transmitia dados sobre as indústrias militares lusas, copiados de artigos, integralmente cortados pela censura, da autoria de um conhecido, redator do *Diário de Lisboa*, ou adaptados das análises catastróficas do *Avante* e d'*O Militante*, os órgãos do Partido Comunista. Giménez, que regressara a Madrid, marcava-me encontros nos *paradores* da Extremadura. Um dia, no de Mérida, perdeu a paciência com Portugal, que acusou de subserviência a americanos, franceses e alemães, e incapaz de aceitar a fraternidade ibérica.

— Fraternidade? – Eu fumava lentamente um *Cohiba*. O salão era cálido e acolhedor. Ao jantar tínhamos bebido duas garrafas de *Vega Sicilia* que me encheram de bem-estar e que provocaram em Giménez acessos de brio guerreiro. – Qual fraternidade? – insisti.

— Compram armas a torto e a direito, mas evitam comprá-las a Espanha. Continuam a bloquear a autoestrada Lisboa-Madrid para, ao que dizem, dificultar a invasão espanhola. Pretendem voltar à bitola lusitana? Se quisermos, chegamos a Elvas em meia hora e a Lisboa em duas. Como Felipe II. Matamos touros em Salvaterra e cantamos o fado em espanhol nas tascas de Alfama. Então, Espanha será *una y grande. Y podrá ser libre.*

— Fraternidade? – voltei à carga. – Felipe II era meio português. Os tempos são outros. Que dirá a Europa dessa fraternidade invasora?

— *Pregunta a los bascos y a los catalanes, coño!*

Dividido entre pertenças e filiações, até entre fidelidades portuguesas e espanholas, eu admitia toda a espécie de iberismos, inclusivamente o do castelhano invasor, no que era tudo menos comunista, pois os comunistas portugueses conseguiam ser tanto ou mais nacionalistas do que os salazaristas. Aí estava, pensei enquanto ouvia Giménez, o resultado das informações que lhe passava. Persistiria, estava no bom caminho, não havia dúvida. Por essa época de verdades aparentes e fugazes, começavam a manifestar-se, em Portugal e em Espanha, políticos, técnicos e empresários que consideravam que os dois países não podiam continuar à margem da integração europeia. Para o efeito (dizia a meia-voz gente da oposição e até do regime que ousava tocar no tabu da Pátria pluricontinental), Portugal tinha de seguir o exemplo de Espanha e liquidar o império, reintegrando a comunidade internacional, que regularmente condenava o país nas Nações Unidas. Seria Giménez um agente dessas entidades ditas filo-europeias? Capaz de construir hipóteses e teorias a partir de quase nada, eu queria acreditar que sim, e que eu próprio acabava, indiretamente, por apoiar essas entidades. Com a ousadia especulativa que me era congénita, próxima da candura, às vezes do cinismo, entendia que aliar-me a franquistas, capitalistas e pró-europeus constituía um imperativo da luta de classes. Afinal, não tinha Estaline celebrado uma aliança com o Diabo, isto é, com Hitler, antes de estar pronto para o vencer? Depois de cada encontro com Giménez, experimentava a sensação consoladora de sair de uma entrevista com o Diabo, personagem que prometia a mim próprio derrotar logo que possível. Por ínvios percursos mentais, concluía que, dadas as circunstâncias, se tratava de uma atividade antifascista. Ainda por cima bem regada e bem remunerada. E reprodutiva, pois que, por indicação de Giménez, um corretor da Bolsa de Madrid se encarregava de multiplicar os meus dólares.

A aliança com o Diabo adquiriu depois um novo objeto, suplementar ou, cheguei a admitir, incompatível com o anterior. Era aí que entrava o tal contacto, fiável e fidedigno, a que o coronel se referia com evidente suspeição. Tratava-se do alemão ocidental Jürgen Erlanger, que eu tinha conhecido numa praia portuguesa, onde o futuro contacto espalhou a boa nova marxista-leninista até ser expulso do país pela PIDE. Estudante de Filosofia na Universidade de Colónia, filiado na organização estudantil dos sociais-democratas da Alemanha Federal, Jürgen tinha acesso aos dirigentes da Freie Deutsche Jugend, a organização da juventude da República Democrática, e foi através dele que eu soube da existência de uma vaga para um jornalista português na Radio Berlin International. Sob o sol da Manta Rota, o alemão tinha olhos esmeralda, dizia uma das jovens portuguesas que, em trajes de praia, o escutavam de boca aberta.

— O alemão esmeralda – ironizei, quando mais tarde nos encontrámos a sós a título conspirativo. Não era um cumprimento, mas uma constatação de facto. Os olhos de Jürgen eram verdes, transparentes, imperscrutáveis. "Dois precipícios", achei no dia em que o conheci.

— O alemão comunista – respondeu Jürgen –, como comunista tem de ser o jornalista que irá para Berlim Oriental. Tu, por exemplo.

— Não sou jornalista.

— És comunista, é isso que interessa. – Jürgen possuía uma capacidade de convicção próxima da insolência. – O comunismo é a ciência dos universais. Um comunista pode fazer tudo, está apto para todas as artes e ciências. O teu comunismo não é o meu, mas...

— Nem sei qual é o teu comunismo, e sei ainda menos qual é o meu, se é que é algum. Sou mais cético do que qualquer outra coisa. Gosto da dúvida, é isso. Tenho no meu quarto um São Tomé do século XVII, com quem me aconselho. É o meu mais certo secretário.

Jürgen fez-se desentendido e prosseguiu o raciocínio de convencimento:

— O teu comunismo não é o meu, mas é o teu que interessa a Berlim. O de um partido irmão, não é assim que dizem os pró-soviéticos? E quantos possíveis candidatos ao cargo falam e escrevem alemão como tu? – Entre mais duas cervejas, Jürgen explicou que a Alemanha Democrática estava em evolução. Aproximava-se da China, talvez um dia se libertasse da tutela de Moscovo. Dos abusos de Brejnev. Do KGB. Do COMECON. Do Pacto de Varsóvia. Era preciso apoiar o novo caminho dos alemães do Oriente. Ele, Jürgen, conhecia berlinenses de Leste que trabalhavam nesse sentido. Formavam um pequeno grupo, clandestino, claro, ou pelo menos reservado, o Die Rote Kapelle, mistura de *rock* e posições alternativas, culturais, políticas e de vida. Se eu obtivesse o apoio do partido irmão português conseguiria o lugar de jornalista em Berlim. De locutor. De redator. Quando o altifalante do bar difundia o *Ciao, ciao, bambina*, o alemão prometia-me uma vida magnífica em Berlim Leste, encontros com os jovens da Kapelle, amizades, amores e outras coisas.

— Que outras coisas? – quis eu saber. – Que coisas? De que espécie?

Jürgen coçou a cabeça. Compreendi que considerava a minha insistência deslocada, ou, pelo menos, inoportuna.

— Vais assistir – resumiu, hesitando no discurso – ao momento histórico das mudanças na RDA. E vais mudar com a RDA. Talvez te esteja reservado um papel a desempenhar nessas mudanças. Verás! Vou enviar-te literatura sobre a RDA que te vai entusiasmar. Tenho correios de confiança. A RDA está em vias de se tornar uma potência industrial, o que no Leste significa necessariamente tornar-se uma potência militar.

Foi nessa temporada algarvia que Jürgen me falou de Ernst Bloch, nome que até então eu ignorava. Marxista heterodoxo, inovador, era um dos teóricos da política que, a leste e a oeste (mais a oeste do que a leste), imaginavam a renovação teórica do materialismo histórico. Durante o nazismo exilou-se nos Estados Unidos. Nos anos 50 voltou à Alemanha já dividida e elegeu a pátria socialista da RDA, onde lecionou e criou escola, e de onde foi obrigado a sair em 1961. Jürgen entusiasmou-se, citou-o, vibrou, excedeu-se. Conhecia em pormenor e em profundidade a obra de Bloch, privara com ele, seguira os seus cursos e entendia que o pensamento do filósofo conduzia a uma renovação intelectual e política do socialismo. E também, acrescentou, da fase superior do capitalismo típica dos países mais avançados. Era em torno desse tema e afins que começavam a lançar-se pontes entre as oposições radicais do Oeste e do Leste – afirmava com conhecimento de causa.

Tudo em Jürgen era excessivo e assimétrico, no corpo como no espírito. Alto e magro, tinha a cabeça pequena e móvel de uma ave de rapina e mãos grandes, nodosas, que agitava como asas. De uma erudição hiperbólica, viajava muito, lia tudo, privava com quem se ocupava do futuro da humanidade como objeto de estudo e ação. Conhecera Herbert Marcuse no recente congresso dos Students for a Democratic Society em que participara na Universidade de Berkeley, integrado na delegação dos estudantes sociais democratas da RFA. Ambos, Marcuse e Bloch, teorizavam a crítica da sociedade de consumo e do autoritarismo na sociedade, na família e na escola, tema da contestação estudantil na Alemanha Ocidental. Bloch fizera-se assim um guia para a contestação de um lado e outro do Muro. Privado da cátedra em Leipzig, acusado de revisionismo, abandonara a Alemanha de Leste, mas havia de regressar, e era estudado clandestinamente nas democracias populares a título de esperança na reforma futura dos regimes de Leste. "Uma esperança capaz de fundar certezas", dizia Jürgen. Esperança, utopia, futuro eram conceitos com que lidava o filósofo do marxismo renovado. Jürgen trazia consigo um livro de Bloch traduzido para francês. Descobrira-o ocasionalmente (imagine-se!) num quiosque de Austerlitz pouco antes de tomar o Sud Express. Deixou-me o livro, *Traces*. Reflexões, trechos ficcionais, ensaios, memórias, algo próximo dos moralistas franceses, de La Rochefoucauld, Montaigne e Pascal. Também de um Montesquieu, disse Jürgen, pois que, para além da moral dos comportamentos, pensa estruturas do poder político alternativas às atuais. "É aí", insistiu, "que reside a modernidade do nosso homem". Pouco alemão, pareceu-me, a não ser pela proximidade com os epigramas de Nietzsche; se é que Nietzsche é alemão, acrescentei mentalmente. Jürgen sublinhara uma única frase no livro, e assinalou a página: "Hesita-se sempre em começar demasiado bem. Não só para não cair na provocação, mas também porque as formas ideais falham. O primeiro conflito reúne tudo o que é alheio a um ambiente nobre e pacífico. As coisas não podem ser telas pintadas, para que se possam aguentar na vida real." Este último período tinha sido sublinhado repetidas vezes. Por distintos leitores, suspeitei, fascinado e confundido pelo caráter alusivo da citação: "O primeiro conflito reúne tudo o que é alheio a um ambiente nobre e pacífico." Cá estávamos, admiti, em plena quadratura do círculo ou, melhor ainda, da esfera.

Procurei em vão obras de Bloch em livrarias e bibliotecas de Lisboa. Jürgen enviou-me de Colónia uma edição de *Das Prinzip Hoffnung* publicada nos anos 50 na RDA em três volumes. "Desapareceu das bibliotecas e livrarias da Alemanha de Leste", escrevia o meu novo amigo, "depois da partida de Bloch para o Ocidente". Tentei entrar no alemão denso de Bloch, nas noções contrastantes de esperança, utopia e não-simultaneidade, instrumentos teóricos que, na visão do autor, permitiriam entender como e porquê nem todos vivemos no mesmo agora. Encontrei uma filosofia que pensava a realidade a partir de um ponto zero, um sistema aberto que predizia um futuro não determinado. Materialismo histórico? Metafísica materialista?

"Infelizmente", escrevia Jürgen, "enquanto, no carrinho de bébé conduzido pela minha mãe, eu brincava com os dedos dos pés, Ernst Bloch, exilado nos Estados Unidos, revolucionava os conceitos de espaço-tempo e de tempo-espaço na teoria e na ação políticas. Mais tarde ouvi-o na Universidade de Tübingen, onde o filósofo, destruindo mitos e lendas do marxismo vulgar, orientou seminários cujos temas iam d'*O Princípio Esperança*, a Hegel ou às relações entre a música e a filosofia. As classes e os seminários enchiam-se de alunos e gente do exterior, e habituei-me a reservar um lugar com duas horas de antecedência. Eu possuía um velho gravador, grande como um gavetão, e comecei a registar as aulas do mestre. Bloch agradeceu-me vivamente, mandou transcrever os textos que, depois de corrigidos, se converteram na famosa *Introdução de Tübingen*. À noite, depois das aulas, reuníamo-nos numa cervejaria da Marktplatz. Bloch e a mulher, Karola, juntavam-se ao nosso grupo. De cachimbo sempre aceso, o filósofo ouvia pacientemente as observações e perguntas dos estudantes. Respondia, concordava ou discordava, decompondo argumentos e enunciando conceitos. Partilhávamos o sentimento de que, como há dois milénios, estávamos suspensos da palavra de um Sócrates."

A antecipação teórica produz a estrutura simbólica da utopia. Tal como a teoria se aproxima da prática, a prática aproxima-se da teoria. Estes princípios da utopia moderna confortaram a minha curiosidade. Dispensado da tropa por uma vaga deficiência cardíaca ainda antes do início das guerras de África, vivia na casa desavinda dos meus pais uma existência que parecia uma rotina mas que, combinada com absentismos propícios, era apenas um sinal de conforto doméstico. Sem que fizesse grande coisa por isso, ia subindo no emprego. Lia mais do que vivia, e vivia mais do que alguma vez imaginara. Os encontros com Jürgen deram nova matéria para os relatórios destinados ao coronel Giménez. A Espanha, explicava este, pretendia afirmar-se perante os Estados Unidos como um interlocutor político, e não como um país do Terceiro Mundo que se limitava a permitir a instalação de bases. Seria a Espanha a instruir os serviços de informação ocidentais dos movimentos reformadores do marxismo, talvez da revolução, que se anunciavam a Leste. A Espanha, prosseguia, era uma potência europeia e não um vassalo latino-americano do Pentágono. As informações vindas de Leste seriam muito úteis à afirmação espanhola perante Washington.

Com uma ironia que pretendi finíssima, eu tinha observado:

— Afirmação franquista, não haja dúvida!

— O franquismo é um acidente histórico – replicara Giménez, com a habitual firmeza de comando. – Prestes a findar, pela ordem natural da vida e da morte. Salazar está fora de cena, Franco vai pelo mesmo caminho. As ditaduras ibéricas não vão sobreviver à morte dos ditadores. Quando o interregno franquista terminar, podemos regressar sem complexos ao percurso da Espanha de sempre.

— *Una, grande y libre, es eso?*

— *Quién sabe!* – reagira Giménez, com um sorriso felino. – Traz-me notícias das ações militares soviéticas na RDA e verás para que servem. E verás para o que te servem. Em dólares.

Através de um emigrante português na Alemanha, motorista numa transportadora de longo curso, passei a receber caixas de documentos enviados por Jürgen, o que me permitiu satisfazer a voracidade de Giménez. Descrente da implantação para breve do socialismo, reduzia a militância partidária à colocação de impressos clandestinos nas caixas do correio de prédios distantes de casa ou do trabalho. Evitava conservar imprensa clandestina, pelo que, para essa tarefa (patriótica, na terminologia comunista), reservava as manhãs dos domingos imediatamente posteriores às entregas. Todas as semanas, fizesse sol ou chuva, no cumprimento de um hábito adquirido em Boston, corria durante uma hora no Parque Eduardo VII. Depois, se tinha panfletos em casa, distribuía-os. Entretanto, a minha mãe assistia à missa das onze em São Sebastião. Ao meio-dia, hora a que terminava a missa, eu dava por finda a catequese comunista. Podia assim participar no almoço familiar de domingo, que era para a minha mãe uma tradição inquebrantável, embora a família estivesse resumida a nós dois e à prima Felicidade, parente sem idade nem dinheiro, convocada expressamente para ocasiões semelhantes.

A minha vida amorosa era tão pobre quanto a sexual era ativa e diversificada. Entre os meus projetos pouco convencionais incluía-se o conhecimento do amor, sentimento a que só tinha acesso pela literatura e pela ópera. A futura e incerta declaração à segundo-violino era pretexto para assistir a todos os concertos e a todas as óperas, na esperança de que a música, sobretudo a de Wagner, me desse a força anímica de que me sentia carente. Mário Valente, um amigo de infância com quem me abri, também ele melómano, aconselhou-me Bizet. "A *Carmen*", disse, "é a força da alma, uma escola operática da vontade. Experimenta." Segui o conselho, aguardando o momento de aproximação da musa das minhas ilusões. Nesse ano, o programa do São Carlos incluía três óperas em concerto, entre elas a *Carmen*, pela Orquestra Sinfónica da Emissora Nacional. De olhos fixos na diva, assisti aos três espetáculos na primeira fila da plateia. No fim do terceiro, o da *Carmen*, evitando como sempre cruzar-me com o meu pai, entrei nos bastidores para felicitar os intérpretes. Conhecia pessoalmente a maioria, e foi com um à-vontade fingido que abordei a violinista. Felicitei-a, enchi o peito qual Escamillo, e convidei-a para uma taça de champanhe no bar. Manuela, Marina ou Mafalda olhou-me com requintada complacência. Dobrou a perna esquerda, ergueu o braço direito e franziu a testa, numa sucessão de movimentos em que identifiquei uma *faena*. Respondeu que um amigo a esperava no camarim. Um grande amigo, acrescentou, corando muito. Gaguejei uma desculpa e organizei uma retirada estratégica. Para esquecer o revés, fui cear ao Negresco. Na manhã seguinte, um feriado litúrgico chuvoso e pardacento, acordei na cama de uma princesa russa, feito que considerei de bom augúrio.

O que me faltava em dedicação militante, sobrava-me em curiosidade. Agora que nem a segundo-violino me prendia a Lisboa, dispus-me a aceitar o repto de Jürgen. Comecei a fantasiar uma vida diferente em Berlim Leste: trabalho a favor da paz e do socialismo, música alemã, filosofia alemã, amores alemães, socialistas, populares, libertos de constrangimentos e hipocrisias burguesas, ou, antes, imperialistas. Vesti a pele de membro disciplinado do Partido Comunista, pedi ao controleiro que comunicasse aos órgãos superiores o propósito revolucionário que me animava. Ao contrário do que eu previa, a resposta tardou. O controleiro marcou-me sucessivos encontros com um quadro do setor intelectual. Os encontros falharam. A polícia seguia os passos do intelectual, foi-me dito. Os jornais noticiaram a prisão de um escritor conhecido pela fidelidade ao neorrealismo, em quem identifiquei o enigma com quem devia encontrar-me. Durante dois meses fiquei sem resposta. Depois, por razões de segurança, o controleiro cortou a comunicação. Jürgen enviava mensagens cifradas, advertindo para o risco de, perante o atraso português, a rádio recrutar alguém do Brasil ou de África. Eu impacientava-me, sem saber a quem me dirigir. Finalmente, fui novamente abordado pelo controleiro, que, numa esquina de Alvalade, anunciou ter passado à clandestinidade. Abandonava o amadorismo da vida mundana e tornava-se funcionário, ou funças, na gíria partidária. O partido, disse-me, apoiava em princípio a candidatura. No entanto, a resposta final seria dada num encontro com um membro do comité central, do qual eu deveria aguardar notícias através de alguém conhecido.

Chegado a este ponto, decidi avisar a minha mãe da partida próxima. Corri a casa e pedi à criada que interrompesse a sessão de *bridge* que a senhora organizava às quintas. Era urgente. A minha mãe entrou-me pelo quarto com ar preocupado. Tranquilizei-a. Acabara de receber (disse-lhe com razoável dose de euforia) a confirmação de uma bolsa que tinha pedido a Bona para um doutoramento na Freie Universität de Berlim Ocidental. A mentira, piedosa, politicamente aceitável e geograficamente aproximativa, seria a futura explicação da partida para a Alemanha. Exteriorizei uma alegria jovial e confessei que tinha guardado segredo da candidatura à bolsa para não criar expectativas falsas. De cartas na mão, a senhora encolheu os ombros.

— Expectativas falsas!? – perguntou enfaticamente. Vestia com elegância e fumava com pose de sociedade. "O estilo do *bridge*", pensei. – Meu querido, nunca me alegraria a tua partida. Donde, não criaria expectativas falsas. A não ser na esperança de que não te dessem a bolsa.

— É bom para a minha carreira, mãe. Para o meu futuro. Entro em licença graciosa. Doutorado em Economia Internacional, posso chegar a diretor-geral, depois a secretário-geral, sabe-se lá a que mais.

— Nem que chegasses a ministro de um regime que dizes abominar. Já pensaste que me deixas completamente sozinha? O teu pai desapareceu. Ninguém lhe põe a vista em cima. A ópera subiu-lhe à cabeça. Presumo que tem outra família. Vem cá de vez em quando para tocar no Steinway. Podia levar o piano e poupava-me a humilhação de o ver. Só te tenho a ti e aos teus antepassados, músicos, maestros, compositores. – Apontou na direção dos retratos que decoravam a entrada do apartamento. Óleos do século XVIII, fotografias a sépia do XIX, a do meu avô com o meu pai nos joelhos, datada de 1920 e retocada a cores pelo fotógrafo Amer. – São espectros. Os meus espectros de origem, pobres galegos que enriqueceram a vender azeite nas ruas de Lisboa, não deixaram retratos de categoria. Nem deixaram parentes.

— Deixaram-na filha única. E rica. Mãe, por favor, não se queixe!

A minha mãe fez-se desentendida, como sempre que se falava da herança do pai: ações em empresas coloniais, imóveis em Lisboa e Pontevedra, e uma conta calada no Banco Nacional Ultramarino.

— Nem irmãos tive – disse, no estilo dramático que reservava para as lamúrias familiares. – Vivo, só te tenho a ti, meu querido filho.

— Oh, mãe, tem a casa cheia de amigas!

— Nos dias do *bridge*.

— Tem a missa de domingo em São Sebastião e o almoço aos sábados com as amigas da Ação Católica.

— Não fales alto. Não são as mesmas. As do *bridge* são ateias e republicanas, as da Ação Católica são beatas, monárquicas e salazaristas.

— Como vê, mãe, não lhe faltam companhias. De todos os credos. Até salazaristas.

— São senhoras pias.

— As que jogam ou as que não jogam *bridge*? As que vão ou as que não vão à missa? As que fumam ou as que não fumam?

Na semana seguinte, recebi em casa a visita de um antigo colega do liceu, cujo nome esquecera. Era um rapaz espadaúdo, internacional de râguebi, em quem ninguém suspeitaria qualquer vocação conspirativa. A pretexto da devolução de um livro emprestado anos antes, Vítor Campos (o nome veio-me felizmente à memória) comunicou-me o dia do encontro esperado. O local constava de uma mensagem fechada. Abri-a. Um mapa tosco indicava um cruzamento de estradas secundárias na serra de Sintra.

— É aí. Se nada te for comunicado em sentido contrário, dentro de duas semanas exatas.

— Mesmo dia da semana?

— Isso mesmo! Às seis da tarde. A senha e a contrassenha são, deixa ver se me lembro – franzia a testa –, são: *Qual é daqui o caminho para o Porto?* e *Daqui só se chega a Coimbra*. É isto! E o recurso é três dias depois no mesmo sítio, à mesma hora. Espero não me ter enganado.

Duas semanas depois, no carro da minha mãe, um *Renault Dauphine* de 1962, dirigi-me para um ponto preciso da serra de Sintra, entre o Vale dos Fetos e o Arco da Velha (38º 47' 50,53" de latitude Norte e 9º 20' 15" de longitude Oeste). Seis da tarde de fim de outubro. Seguindo as instruções, que decorara, estacionei num caminho de cabras, junto de uma nascente, e aguardei. Uma furgoneta surgiu em sentido contrário. O condutor, um homem baixo, atarracado, com uma chave de fendas na mão, aproximou-se. Baixei o vidro.

— Qual é daqui o caminho para o Porto? – perguntou o recém-chegado.

— Daqui só se chega a Coimbra – respondi.

Anoitecera. Com o verde caliginoso da serra em fundo, o homem atarracado parecia uma figura medieval. Um frade, uma gárgula, um quasímodo.

— Vamos falar muito a sério, camarada – disse. Entrou no meu carro e acrescentou: – Sou o camarada Raposo. – Homem de meia-idade, óculos de aros dourados, cara cor de cera, mãos desgastadas que empunhavam a chave de fendas. Temi-o. Tinha visto a fotografia dele num comunicado da PIDE que anunciava a fuga de Peniche de um grupo de perigosos comunistas, membros do comité central, subversivos com a cabeça a prémio.

— Sou o camarada Duarte – disse eu, declinando o pseudónimo conspirativo.

— Sabemos bem quem tu és – respondeu o outro. O plural majestático referia-se certamente ao conjunto do comité central, admiti, se não mesmo aos centros decisórios do comunismo internacional sediados em Moscovo. – Diz-me de quem é esta citação – prosseguiu Raposo. Abriu um bloco de notas e leu: – "A conceção mecanicista do naturalismo contemporâneo não possui, no fundo, valor superior à dos antigos hindus. É absolutamente indiferente supor que o mundo repousa sobre um elefante lendário ou crê-lo constituído por moléculas e átomos, se essas moléculas e esses átomos são entendidos como reais do ponto de vista da gnosiologia e não como meras metáforas utilitárias." Espero que saibas.

Na furgoneta, alguém invisível acionou um sinal de luzes. Arrepiei-me, de frio ou de medo.

— Talvez Lenine – arrisquei –, ou Estaline.

— Talvez. – Raposo abanava a cabeça. Tinha voz nasalada, aguda, quase de contratenor, que contrastava com o tom inquisitorial do interrogatório. – Talvez... Quem escreveu *Materialismo e empiriocriticismo*?

— Lenine, claro.

— Claro ou talvez? Camarada – Raposo adotava o estilo conselheiral –, deves preparar-te para refutar toda a panóplia da filosofia reacionária. Vais deparar-te com muitos filósofos tipicamente alemães que praticam o idealismo sem se aperceberem. Quase naturalmente. Lê os nossos clássicos. Destrói os argumentos de March, Haeckel, Heisenberg. Os idealistas. E depois os existencialistas. Leste Sartre? Não leias. Leste Camus? Ainda menos. Vais representar o Partido Comunista Português em terras germânicas. Refina os teus argumentos ideológicos. Incumbimos-te de uma missão de confiança, não esqueças. Nós e o partido irmão da Alemanha Democrática. E não demores em sair de Portugal: o teu controleiro foi preso.

— Corro riscos?

— Com um camarada preso, todos corremos riscos. Mesmo que não abra a boca na polícia, espero que seja o caso. Parte assim que puderes. Ontem, se possível. – Mexeu nos bolsos, colocou entre as pernas uma pistola de tamanho reduzido, curta de cano, uma Walther PPK, como depois vim a saber, arma destinada a desempenhar um papel decisivo na minha vida futura. Atrás da pistola veio uma folha de papel dobrada em quatro. – Aqui tens a credencial para a entrada na RDA.

Entregou-me a folha, manuscrita em caligrafia desenhada. Em alemão, contava a história de um coelho autorizado a viver no palácio real, onde, depois de ter sido aprovado em testes de conduta humana, iria estudar as ciências dos homens. "Comportaste-te como um homem, podes viver entre os homens", dizia-lhe o rei, abraçando-o e franqueando-lhe a entrada no palácio.

Li a fábula de olhos esbugalhados.

— Mas… – ia perguntar, pedir, dizer algo ou não dizer nada, mas já o outro se tinha dissolvido nas trevas da serra. A furgoneta desaparecera. Era lua nova.

III

Em Paris, ao longo de uma semana, recebi instruções do homem de Giménez, um exilado republicano espanhol com alfaiataria aberta e próspera em Montmartre. Quando estranhei a ligação do antigo combatente do exército do Ebro aos serviços secretos franquistas, o homem sobressaltou-se: "Franquistas!? Talvez sim, talvez não. O que sei é que trabalho com Giménez por indicação de Santiago Carrillo. Como vês..." Eu via, aprendia, via cada vez mais que, nos meios em que começava a movimentar-me, nada era o que aparentava. Simón Quesada, o alfaiate, saído de Espanha depois da derrota republicana, tinha integrado La Nueve, a brigada de exilados espanhóis que, sob o comando de Leclerc, combateu o exército nazi e participou na libertação de Paris. Colaborava tanto quanto eu com serviços secretos franquistas? "Talvez sim, talvez não." O homem, um aristocrata da conspiração, era um poço de ciência da história e da vida. Entre a alfaiataria da *rue* Custine e o *bistrot* do *faubourg* Montmartre, onde jantámos nos três primeiros serões, soube que a minha ligação com Giménez era, tanto quanto a de Simón Quesada, justificável à luz da história do futuro. Essa sabedoria saiu reforçada no jantar em casa do alfaiate, no meu último dia em Paris. Preparou *entrecôte* com puré de batata-doce, acompanhado de um *Bordeaux* memorável. Ou talvez memorável tenha sido sobretudo a conversa, em que participou também a companheira de Simón, uma bela provençal de uma trintena de anos, metade da idade do espanhol. Tanto ela quanto eu fomos sobretudo ouvintes. Simón, inspirado, relatou episódios de uma vida paradoxal, entre a luta armada, o comunismo, a participação no exército gaullista, que os comunistas franceses abominavam, e as ilusões e desilusões sublimes de Maio de 1968, que o afastaram definitivamente do Partido Comunista Francês. Deixara de se interessar pelas verdades absolutas, que, disse, conduzem ao propósito de ter sempre razão, vício intelectual e moral que aprendera a detestar. Acompanhou-me a pé até ao metro de Barbès-Rochechouart. "Dentro de uns anos", disse à despedida, "tudo aquilo em que acreditamos será um feixe de arcaísmos. Ora, o tempo é um espaço contínuo, onde é cada vez mais supérfluo distinguir passado, presente e futuro. Sejamos moderados na fé que move as nossas razões".

Armado desta sensata filosofia, parti para a República Democrática Alemã. Berlim Leste pareceu-me a porta de acesso a um universo alternativo, pelo que não estranhei ser recebido como um extraterrestre. Sê-lo-ia? *Quién sabe!*, diria Giménez. Na estação da Friederichstrasse, um polícia de rosto fechado revistou-me a bagagem e tomou nota dos 1000 marcos ocidentais que trazia comigo. Ato contínuo, encerrou-me durante duas horas exatas (apurei pelo relógio) num cubículo de fórmica, sem janelas nem aquecimento, iluminado por uma lâmpada branca e impregnado de um cheiro ativo a desinfetante, creolina ou algo do mesmo quilate. Findo o período de nojo, um major de modos pulcros examinou em pormenor a credencial emitida pelo partido irmão. Coelho destinado a viver no palácio real, eu observava-o pelo canto do olho. O militar retirou do bolso do sobretudo um estojo do tamanho da mão, que continha uma lupa, pinças, algodão e frascos com produtos químicos. Com tal aparelhagem, analisou a credencial, coloriu-a, limpou-a, comparou-a com documentos que trazia noutro bolso, cuidadosamente dobrados e ordenados. Um soldado apareceu com dois cafés, dois copos de água e duas bolachas. Então, com uma breve continência, o major saudou calorosamente o camarada Vasco (percebi que seria esse o meu nome de guerra em partes germânicas) e pediu-me que assinasse uma declaração de fidelidade aos princípios do socialismo científico e do marxismo-leninismo, e de repúdio do fascismo e do imperialismo. Verifiquei linha a linha a prosa em alemão, considerei redundante a profissão de fé e assinei. O major conduziu-me num carro de serviço até um hotel modesto na Wilhelm-Pieck-Strasse. Republik Hotel, lia-se num anúncio em néon, meio quebrado e meio aceso. Na fachada do prédio eram visíveis as marcas de projéteis. No piso térreo, uma inscrição desbotada divulgava a existência de uma igreja de Santo Alberto, provavelmente católica, provavelmente fechada até ao Juízo Final. Um retrato de Ulbricht dominava a receção. Imagens de Marx, Engels e Lenine revestiam as paredes dos corredores. No átrio do segundo andar, apeado a um canto, repleto de manchas de humidade, um busto de Estaline. No lusco-fusco, o quarto era sofrível e aparentemente limpo. Com a luz acesa, cheirava a mofo e ao desinfetante da estação. A torneira da bacia pingava. Abri a janela e desci ao restaurante, tão sofrível quanto o quarto e menos limpo. O rececionista, de avental outrora branco, trouxe-me sopa de batata, queijo, pão escuro e cerveja. Pedi vinho. O pobre homem olhou-me com estranheza e fez sinal na direção de uma rapariga que fumava distraidamente ao balcão. Uma intérprete, disse ela, sentando-se sem cerimónia à minha mesa. Nova, envelhecida, enrugada, olhos sombreados e boca pintada de lilás, falava um inglês deficitário, que abandonou de imediato quando ouviu o meu alemão. Era convivial e acolhedora. Bebemos um vinho branco local, de gosto suspeito, e dançámos ao som de um gira-discos rouco, até que um corte da energia elétrica interrompeu a função. "Habitue-se a Berlim, capital da RDA", disse Emma (nome ou cognome da mulher). Conhecia o hotel e acompanhou-me às escuras até ao meu quarto. Para ficar, pediu uma nota de dez marcos ocidentais. Tarifa de uma hora de prazer socialista.

Nas semanas seguintes, o major Müller conduziu o convidado da República (assim fiquei registado no hotel) a palacetes esplêndidos dos arredores, mansões da antiga aristocracia erguidas no meio de jardins e bosques românticos. Tratava-se, tanto quanto pude perceber, de locais da Stasi, abrigos de agentes dos serviços de contraespionagem que, com a minúcia da raça e da profissão, me interrogaram. As sessões prolongavam-se por todo o dia, com intervalos para almoço e jantar servidos ao convidado nos refeitórios do pessoal. Comia sozinho numa mesa separada. Empregados cegos, surdos e mudos traziam-me uma bandeja de iguarias, invariavelmente chucrute, salsichas e puré de batata, enquanto os outros comensais, ignorando-me, certamente sem me aperceberem, formavam filas, longas e disciplinadas, para se servirem. O contexto das refeições fazia parte, compreendi, da estratégia dos interrogatórios. Eu devia ser invisível, e assim me senti. Os outros não me deviam ver, e não me viam.

Os primeiros dias foram dedicados ao exame da personalidade do meu pai. Simpatizante do nazismo, provavelmente agente secreto de Hitler, acusou o mais velho dos juízes, um homem de rosto repleto de cicatrizes. Fiz valer os estudos musicais que o meu progenitor (eu disse *Elternteil*, para marcar uma distância afetiva) seguira em Berlim entre 1935 e 1938, o estágio na Berliner Philarmoniker e a amizade que, desde então, o ligava a Celibidache. O nome do maestro pareceu inquietar o tribunal, quiseram saber se eu o conhecia, se o tinha visto, onde, como e quando. Senti-me à vontade para me alongar na linhagem musical e no germanismo cultural da família. Esclareci que, já no século XIX, o meu bisavô, músico na corte de Frederico III em Sanssouci, mudara o nome de família de *Matias* para *Mathias*, fazendo do *h* um brasão prussiano. Exagerei, com alguma fantasia, na erudição musical e literária. Mencionei os estudos privados de piano com Francine Benoît, que o meu pai quis que eu seguisse desde os quatro anos, vigiando-os, avaliando-os, completando-os; referi concertos e óperas a que tinha assistido, sobre as quais tinha lido ou de que tinha ouvido falar, em Madrid, Paris, Berlim, no mundo; citei

Goethe, Schiller, Heine e, é claro, Marx e Engels, muito Marx e muito Engels. Foi nesse panorama, sofisticado e que pretendi estranho a paixões políticas, que inseri a minha educação no Colégio Alemão de Lisboa e as permanências adolescentes em Münster, para estudo da língua e da cultura alemãs, e em Boston para aperfeiçoamento do inglês. Terminadas as duas primeiras semanas de inquirições, julguei ter arrumado o tema. Contudo, ao longo das sessões seguintes, o homem das cicatrizes pediu-me nomes de professores, colegas e amigos alemães-ocidentais, todos supostamente agentes dos serviços secretos de Bona. Notei que nada me foi dito ou perguntado acerca de Jürgen Erlanger. Não falei nele. Também ele seria invisível.

As dúvidas versaram depois sobre as razões da escolha de um modesto trabalho de jornalista em Berlim Leste por um quadro superior da Administração portuguesa. A minha carreira no Ministério da Economia foi escrutinada nos pormenores para mim mais irrelevantes e de que os meus julgadores tinham inesperado conhecimento. As relações com os sucessivos ministros e o acesso a São Bento, onde só entrara em ocasiões protocolares, interessavam especialmente o homem da cicatriz. Seria eu um enviado de Lisboa, um espião a soldo dos Estados Unidos ou da República Federal, um fascista encapotado? Confesso que tremi da cabeça aos pés quando um homúnculo gorducho, rosado como um morango, até aí calado e distraído, quis saber das minhas ligações com os franquistas. Fiz das tripas inteligência e respondi que nenhumas, que os meus laços com Espanha eram familiares e, evidentemente, culturais, musicais, etc. A Espanha, expliquei já recuperado, abria-se ao exterior, a censura espanhola fizera-se mais liberal do que a portuguesa. O homúnculo pareceu duvidar e eu falei-lhe do Brecht que, meses antes (alarguei a temporalidade), vira representado em Madrid. Impensável em Lisboa. Era essa a Espanha, asseverei de cabeça erguida, com quem mantinha ligações, não com a do franquismo. E Salazar? E Franco? E Marcello Caetano? E Carrero Blanco? As perguntas, aparentemente absurdas como é apanágio das polícias, sucediam-se em catadupa.

Que pretendia da RDA um diretor-geral adjunto de um ministério português, um tecnocrata de 30 anos, demasiado jovem para ter subido na carreira sem apoios políticos? O homem das cicatrizes, contundente como um ditame de Wotan, quis saber o que vinha fazer na Alemanha socialista um protegido do fascismo lusitano. Protestei, mostrei-me sinceramente ofendido com a suspeita. Mas o desalmado não desistiu: quem me enviava, que pretendiam os mandantes?

No fim do ano houve tréguas. Passei o Natal com Emma, que decorou o meu quarto com imagens do Menino e de Karl Marx. O Republik providenciava a limpeza de inverno e suspendia a admissão de novos hóspedes, pelo que dispensou a intérprete até à reabertura. Eu tive a ideia oportuníssima de a requisitar. Ambos nos encarregámos da limpeza do meu quarto, o que me poupou à creolina e à naftalina, produtos obrigatórios da higiene alemã-oriental. Emma comprou provisões e, com desenvoltura doméstica, cozinhou carpa, peru, salsichas, batatas e legumes, que guardou no frigorífico e aqueceu no fogão do hotel. De casa dos pais trouxe *Stollen* e *Lebkuchen*. Ceámos à luz das velas nos serões de 24 e de 31. Fomos comendo e bebendo as vitualhas natalícias ao longo da semana, sem distinguir com clareza a noite do dia, não só porque o tempo estava carregado e frio, mas sobretudo porque o álcool e a companhia convidavam à permanência na cama. No dia 25 de manhã, desloquei-me à estação central dos correios para telefonar à minha mãe. Pedira a chamada antes do Natal, o que não me poupou a duas horas de espera, suavizadas pela companhia solícita de Emma. A minha mãe tinha convidado para o almoço a inevitável prima Felicidade e uma das amigas católicas, que entretanto enviuvara. Sentia a minha falta, claro. Falei-lhe da beleza da Berlim natalícia, branca de neve. Descrevi-lhe festividades em que teria participado com professores e colegas do doutoramento, as prendas de amigos portugueses que não existiam e o concerto dessa manhã na igreja de São Miguel, em Berlim Ocidental, onde nunca tinha entrado. Quis saber se a igreja era católica, e eu disse-lhe que não me passaria pela cabeça celebrar o Natal num templo protestante.

Acreditou, ou fingiu acreditar, em tudo o que lhe disse, o que me satisfez.

No dia 27, Emma quis levar-me ao Museu Pergamon. Percorremos salas vazias, repositório de peças de uma beleza tão pura que me reconciliou com Berlim Leste e com os beleguins que me interrogavam, até com o Wotan das cicatrizes. No altar, a cujo topo subimos por insistência dela, senti-me possuído pela síndrome de Stendhal, essa espécie de embriaguez que as obras de arte provocam nas mentes mais sensíveis à arte do que à vida. Emma, mulher inteligente, aproveitou o ensejo para me revelar que passara a infância e parte da adolescência no museu, cuja equipa de guardas o pai chefiou depois da guerra. Perguntei o que fazia o pai antes da guerra e ela respondeu sem hipocrisia: "Era guarda em Dachau. Nunca lá estive. Nasci em 45." Do cimo do altar prometi a mim próprio compor uma suite para piano intitulada *Imagens de beleza no Museu Pergamon*. Idealizei o tempo do primeiro movimento: *Allegro giusto alla tedesca; andante poco sostenuto*. Esses dias finais de 1970 foram de regozijo para o corpo e para o espírito, pelo que considerei divinamente empregues os 200 marcos ocidentais que entreguei a Emma.

Os meus tormentos recomeçaram a 2 de janeiro. As dúvidas essenciais, por certo pertinentes, voltavam uma e outra vez aos interrogatórios, numa espécie de infindáveis tratos de polé destinados a fazer-me ceder pela reiteração. As minhas respostas insistiam nas motivações ideológicas, na atração pela cultura alemã, no apego à música alemã, argumentos que esbarravam nos rostos imóveis dos inquiridores. Acabaria por me convencer do meu próprio convencimento. Soube-me sincero nas respostas e nas reservas mentais. No entanto, certas vezes, já no hotel, entre os braços alugados de Emma, perguntava a mim próprio se não me encontraria em estado de negação da realidade. O que me trouxera à RDA? A militância, a novidade, a fuga à monotonia, ou algo de mais profundo, um movimento do espírito, um salto da inteligência, uma comoção da alma? Procurava analogias com outros comportamentos marcantes da minha existência. A única similitude satisfatória reenviava-me a domínios da infância, turbulências agrestes que sempre evitava recordar. Fechava-me às respostas e arquivava o tema. As mentiras mais perfeitas são as que contamos a nós próprios, acabava por concluir. Dormia com a consciência tranquila.

Numa manhã gélida de fevereiro, Müller anunciou-me que, a pedido de *Herr* Schultz (compreendi que se referia ao homem das cicatrizes), o júri pretendia avaliar os meus conhecimentos musicais. Admiti tratar-se de uma sessão teórica, mas, ao entrar na sala de provas, um bedel mudo conduziu-me até um piano de cauda, um Bechstein rutilante, ordenando-me por gestos que me sentasse no banco do intérprete. Acertei a altura, experimentei os acordes e os pedais. Uma joia, o Bechstein, uma relíquia. Pensei no meu pai: afinal, era o império da música, o domínio de um instrumento, a profanação das fronteiras dos sons, o que, de inquestionável, nos unia. O bedel trouxe pautas. Com um sentimento de poder na ponta dos dedos toquei Bach, a *Tocata e fuga em ré menor*, e o primeiro andamento, o *allegro*, de uma sonata em sol maior de Haydn. Nesta última peça, achei por bem aumentar as oitavas nos graves e nos agudos, o que pareceu perturbar os inquiridores. Quando terminei, um destes, um sujeito albino que eu nunca vira, pediu-me com inusitada delicadeza que tocasse uma peça à minha escolha. Pensei de novo no meu pai, ou antes, no meu *Elternteil*. Na minha adolescência, prescrevera-me como exercício a transcrição para piano de *Assim falou Zaratustra*, de Richard Strauss. Uma tarefa esgotante, que levei a cabo sob pena de ficar sem férias de praia. Sabia de cor o resultado, que sempre me pareceu contestável, mas foi com entusiasmo contido que anunciei a minha intenção de o interpretar.

Toquei jubilosamente. Entrava nos limites da criação, celebrava a revolta do homem contra a falta de resposta das ideologias às questões da vida e da morte, enaltecia o primado abstrato da música face ao alarido de multidões conduzidas por vendedores de quimeras. Ao iniciar a terceira parte, "*Von der großen Sehnsucht*", uma voz imperativa mandou pôr termo ao desempenho. Era *Herr* Schultz, que, de pé, em sentido, declarou altissonante que uma peça musical inspirada em Nietzsche não tinha cabimento na avaliação. Murmúrios, gestos de concordância e de dúvida, compreendi que os meus julgadores estavam divididos quanto ao fundo da questão. Mas também eu tinha dúvidas. Qual era o fundo da questão? Eram os meus dons musicais ou as minhas capacidades de militante que os dividiam? Obtivera de qualquer modo uma vitória: dividira o tribunal, fragmentara opiniões e gostos dos inquiridores.

Müller conduziu-me ao hotel e, com um sorriso na ponta dos lábios, que julguei de ironia, pediu-me que, nos dias seguintes, me mantivesse entre o quarto, a casa de jantar e a receção. Até nova ordem vinda de cima, especificou, reforçando o sorriso e a ironia. Por momentos, achei-o uma cópia de Giménez: a meia-idade, os cabelos grisalhos, a postura militar. Faltava o bigode ralo.

— "Grande astro" – disse eu, citando Zaratustra –, "que seria da tua felicidade se te faltassem aqueles a quem iluminas?"

No rosto do meu interlocutor, que abanou a cabeça numa advertência amistosa, apagaram-se o sorriso e a ironia. Entendi a mensagem. Fiquei, pois, numa espécie de prisão domiciliária, que aproveitei para conhecer melhor o corpo e a alma de Emma. O exercício, agradável e lúdico, custou-me um quarto dos marcos ocidentais declarados à entrada da República. Oficialmente, restavam-me três notas de 100. Tinha, felizmente, uma reserva nas entressolas de um par de sapatos *Church*, uma das inestimáveis camuflagens do nosso alfaiate de Paris.

A nova ordem de cima chegou ao quinto dia. Müller veio buscar-me de madrugada, desta vez com um sorriso de satisfação que considerei de bom augúrio. O inquérito ia prosseguir num novo local e com um novo inquiridor, o camarada Franck, um brilhante filósofo materialista, uma das grandes esperanças do comunismo alemão, europeu, mundial, etc. Aguardei o génio, de novo isolado num cubículo de fórmica, durante as duas horas regulamentares, num edifício com aspeto de prisão, algures a duas horas a norte de Berlim. Finda a espera, o major conduziu-me a um anfiteatro, já com meia centena de pessoas, e apontou-me um banco em frente do estrado do palestrante ou professor. "Um teatro anatómico", pensei. Pela deferência com que o auditório o acolheu, levantando-se e perfilando-se, o camarada Franck seria alguém de importante. Jovem, de fato azul-marinho e colarinho redondo (à Mao, dizia-se no Ocidente), fez um gesto para me mandar sentar e à assistência e, sem qualquer introdução, retomou as perguntas do camarada Raposo.

— Leste Adorno? Consideras que a razão se tornou irracional?

— A razão, isto é, a razão da burguesia... No século XVIII... – Vi-me a mastigar palavras para não atropelar conceitos, aliviado por a questão nietzschiana ter sido resolvida, ou, pelo menos, ignorada.

O filósofo materialista insistiu:

— Conheces Adorno?

— Que eu saiba, já morreu.

— Como sabes que já morreu? Se é que morreu, se é que recebeu ou não uma nova identidade fornecida pelos americanos. Encontraste-o antes de chegares à RDA? – Franck agitou-se na cadeira e percebi que não tinha braço esquerdo: a manga do fato baloiçava, desengonçada como os membros de um fantoche. – Onde? Em Berlim Ocidental? Em Frankfurt? Em Munique? Em Lisboa?

— Impossível em Lisboa. A polícia política nunca o deixaria entrar em Portugal. E li nos jornais que já morreu.

— Impossível em Lisboa, mas possível no resto do mundo, é isso? Sabes que se trata de um filósofo idealista, logo reacionário, logo fascista?

Uma gaivota pousou no beiral da janela. "Estamos perto do mar, provavelmente", deduzi, ausente.

— Provavelmente – repeti em voz alta, referindo-me à geografia do local.

O outro franziu o sobrolho.

— É ou não é um fascista? – insistiu.

— Nunca o vi.

— Continuas sem responder ao essencial: consideras ou não que a razão se tornou irracional? Não respondas *provavelmente*. Não serve de resposta.

Um murmúrio de fundo percorreu o anfiteatro, espantando a gaivota.

— A irracionalidade do racionalismo burguês... – comecei. A manga do casaco do génio agitava-se, ameaçadora. – O pensamento conservador, isto é, o pensamento de Adorno...

Franck interrompeu-me com rudeza:

— Não sabes que é, ou foi, um pensador fascista ao serviço da CIA?

— Sei, isto é, admito. – Sentia-me no Liceu Camões, na prova oral do sétimo ano. Ou antes, no Colégio Alemão, na avaliação anual. Avançava com cautela para não ter de recuar. Espirrei. Assoei-me.

— E Lukács, esse traidor? E Ernst Bloch? Encontraram-se em Tübingen?

— Não... nunca fui a Tübingen.

O filósofo maneta teve um sorriso sarcástico e saiu. Marionete desarticulada, era difícil levá-lo a sério, pensei aliviado.

— Talvez ainda vás a Tübingen – disse Müller por entre os dentes, já no carro, de regresso ao hotel.

Quis saber a razão do prognóstico, mas não obtive resposta. Entre o autoritário e o afável, o major informou-me de que os interrogatórios tinham terminado. As respostas seriam sujeitas a exame pelas instâncias superiores (dizendo isto, ergueu os braços na direção do firmamento). Entretanto, o convidado da República devia visitar a cidade onde iria trabalhar. "Possivelmente, até provavelmente, embora não seguramente, por enquanto", acrescentou. Entregou-me três notas de 100 marcos locais, decoradas com um Karl Marx icónico, e um mapa da capital da República, ilustrado com as efígies dos heróis do comunismo germânico. A partir do retrato de Rosa Luxemburgo, nome de uma estação de metro, aconselhou-me os percursos que constavam de um guia policopiado. Estudei cuidadosamente a documentação e dediquei-me com afinco aos passeios. Ao meio-dia, almoçava no hotel a dieta pouco apetecível de carne com batatas e legumes cozidos. Nunca me tinha preocupado com o dinheiro ou com a falta deste, mas naquela estada em terra de ninguém comecei a temer que as notas da República Federal desaparecessem, deixando-me desguarnecido. Os 300 marcos da RDA dariam para as visitas a Berlim. Tinha de renegociar o preço dos serões com Emma, tendo em conta a regularidade do exercício.

Na certeza de ser seguido por olhos invisíveis, tive o cuidado de não me afastar do roteiro prescrito. Com um pequeno entorse: retomando hábitos lisboetas, elegi o parque de Friedrichshain para uma corrida matinal. Visitei ruas e praças reconstruídas com edifícios compactos como fortalezas, conjuntos monumentais de estilo soviético e igrejas barrocas, parques populares sujos e parques impopulares limpos. Percorri o Spree de Berlim Leste no *Germania*, uma espécie de cacilheiro em miniatura. Aproximei-me da Porta de Brandemburgo, guardada pelos mastins do Muro de proteção antifascista. Assisti na Ópera Cómica a *Die Fledermaus*, de Johann Strauss, numa encenação que privilegiava os personagens proletários e ridicularizava os burgueses. Receando que o enviado prometido por Giménez tentasse abordar-me naquelas circunstâncias, não ousava dirigir a palavra às pessoas com quem me cruzava, precaução facilitada pelos cidadãos da Alemanha socialista, gente que não se revelava a uma troca de olhares. Ao sétimo dia, no terraço da catedral luterana, entre as torres sopradas pela aviação aliada, encontrei o Anjo da História. De tamanho sobre-humano, olhos escancarados, boca dilatada e asas abertas, observava fixamente na direção do passado. No horizonte de séculos e milénios já esgotados, via uma catástrofe única, que acumulava ruínas sobre ruínas. "Seria minha intenção", disse o Anjo mansamente, "acordar os mortos e alertar os vivos para os desastres do passado e do futuro. No entanto, sopra do Paraíso um vendaval que me tolhe as asas com tal força que não consigo fechá-las. Esse sopro temível impele o Universo para o futuro, isto é, para as catástrofes a que os homens chamam progresso." Alguém se aproximava ao longo do terraço, homem, mulher ou ser fabuloso. O Anjo calou-se. Afastei-me.

Quando iniciei funções na Radio Berlin International, numa clandestinidade vigiada pelos comunistas portugueses e alemães-orientais, e certamente pelos serviços secretos soviéticos e alemães-orientais, distingui Norma Straube entre os indivíduos sem idade nem cor que me receberam. Durante semanas, meses, sempre que ela se me dirigia, esperei um sinal de simpatia, se possível de cumplicidade. Ah, Norma, esse tesouro alemão-oriental, ninfa em fuga do Museu Pergamon, comunista sem mácula, nem sombra de dúvida! Esquiva, de olhar ora amável, ora duro (variação que sempre me pareceu uma caraterística feminina alemã), era de uma beleza inquieta. Eu considerava-a inteligente, até arguta, embora por vezes lhe encontrasse comportamentos e opiniões que só podia qualificar de obtusos. Pois que o mesmo se passava com a maioria dos cidadãos alemães-orientais que conhecia, ponderei tratar-se de uma caraterística local cujo sentido me escapava. Com exceção de Emma, cujos préstimos continuava a utilizar com proveito para ambas as partes, Norma era a única mulher com quem mantinha relações de alguma proximidade desde a chegada a Berlim Leste. Trabalhávamos no mesmo departamento, o das emissões em línguas estrangeiras da rádio, ela na chefia, eu na redação portuguesa e espanhola. Norma, que entendia as duas línguas, falava ambas razoavelmente mas, segundo afirmava, não escrevia qualquer delas. Competia-lhe distribuir o serviço pelos redatores, e era a ela que entregávamos os textos para aprovação superior. Depois de autorizados, distribuía-os pelos locutores e reservava os estúdios. Entre a redação, os estúdios e os gabinetes dos diretores nos últimos andares do edifício da Nalepastrasse, os textos transitavam por ignotos crivos, entre estes o da censura. Qual seria o papel de Norma nessas instâncias?

O sorriso esperado e desesperado chegou ao fim de dois meses. Considerei-me um homem realizado. À troca de sorrisos sucederam-se imperceptíveis toques de mãos no momento da entrega de textos. O suficiente, no entanto, para que eu vivesse uma epopeia amorosa no quarto de solteiro que, por indicação do diretor do pessoal da rádio, ocupava na Deutscher Schriftstellerverband, a Associação dos Escritores da República Democrática. Norma, isto é, a imagem de Norma, vinha todas as noites ter comigo. Ganhava forma e, sem se anunciar, sem acender as luzes, silenciosamente, introduzia-se entre os lençóis da cama, a meu lado. Sempre fui racional no amor, ou naquilo que a literatura designa como tal, e julguei aceitável a partilha dos meus sentidos entre o corpo imaginado de Norma e o corpo físico de Emma, que regularmente passava a noite comigo, no meu quarto ou no Republik. Dormia com uma Carmen, mas sentia-me cativo entre as teias de uma Valquíria comunista. Melómano de família e formação, filho e neto de distintos wagnerianos, eu conhecia de fio a pavio *O ouro do Reno*. Norma, que nem sequer era loura como soe acontecer nas margens do Reno, encarnava umas vezes Brünnhilde, outras Helmwige, sempre uma soprano, ora lírica, nas fantasiadas noites a dois, ora dramática, quando se dirigia aos redatores nas reuniões do departamento. Via-a então cercada por um anel de fogo. As chamas ameaçavam-na e era eu quem, num gesto audaz, a resgatava. Nessas visões entre o sonho e a realidade, Norma era aos meus olhos um ser vulnerável, produto metafórico da modernidade socialista. Beleza díspar entre bárbaros louros e ruivos, vestia com elegância natural, tinha pés minúsculos, dedos compridos como lanças, pulsos e tornozelos delgados, olhar móvel e penetrante.

Assim, entre o real e o imaginário, passei os primeiros meses na Alemanha de Leste. Nunca fui de vocação prosélita, e o trabalho na Radio Berlin International não contribuía para estimular as parcas convicções que professava no futuro do comunismo. As minhas atribuições limitavam-se à redação em português ("na língua de Camões", dissera-me o diretor no encontro introdutório) dos documentos do Partido-guia e do Estado. A direção da rádio organizava regularmente digressões de estudo pelos quatro cantos da República, de modo a formar os redatores mais recentes no conhecimento da pátria alemã do socialismo. Foi assim que entrei pela primeira vez no reduto militar soviético de Wünsdorf, cidade proibida de que visitámos o que era mostrável, sujeitos a estritas medidas de segurança e enquadrados por agentes da Stasi e do KGB. Apesar da proibição de máquinas fotográficas, papel, lápis e canetas, abri olhos e ouvidos ao muito ou ao pouco que me foi dado ver e ouvir. Não tinha dúvidas de que Giménez saberia apreciar o meu relatório logo que as nossas comunicações fossem restabelecidas. Nos dias seguintes, na privacidade do meu quarto, usando os códigos que recebera em Paris, revi, aumentei, corrigi e descrevi a visita a Wünsdorf. Detive-me especialmente na prevista, ou antes hipotética, instalação de mísseis balísticos. Vali-me de dados sobre a crise de Cuba, de 1962, constantes dos arquivos da rádio, para considerar verosímil o recurso a mísseis R-12 Dvina, de alcance médio, destinados a uma rápida ocupação da Europa Ocidental. Acrescentei ter compreendido que o objetivo soviético se resumia à chegada a Lisboa, depois de dois dias de uma *Blitzkrieg* não declarada. Para a operação, *Lusitania* em nome de código, tinham sido construídos cerca de 20 000 potenciais abrigos nucleares em toda a Europa de Leste, destinados a acolher preventivamente mais de 10 milhões de quadros dos partidos comunistas locais. Na Alemanha Oriental, o exército soviético terminava os 3000 abrigos que hospedariam toda a nomenclatura do regime. Os dignitários do comunismo internacional entrariam nos abrigos no momento em que a Operação *Lusitania* fosse desencadeada. Governantes do futuro, sobreviventes de uma guerra atómica, sairiam dos subterrâneos quando o imperialismo americano estivesse aniquilado. Guardei o relatório, de 8000 palavras e desenhos ilustrativos, no chumaço duplo do casaco de couro forrado com lã de carneiro que trouxera de Lisboa, oferta da minha mãe, adaptada às necessidades conspirativas por Simón Quesada e meu socorro mais fiel no duro inverno de Berlim.

Findo o episódio Wünsdorf, temi ver-me reduzido ao monótono ofício de tradutor e redator de notas oficiosas em tudo idênticas às difundidas pela Emissora Nacional de Portugal. Ainda encontrei, na visita coletiva a Leipzig, um possível opositor do regime, um jovem que, no Instituto Pedagógico Clara Zetkin, onde seria estudante ou docente, se me dirigiu num português de principiante. Afastou-se quando Martin Braun, o redator-chefe que nos capitaneava, anunciou que seguíamos para a igreja de São Tomás. Com a cabeça em Bach, organista e mestre na igreja onde se encontra sepultado, percorri o vasto templo, deserto de fiéis ou visitantes, sinceramente tocado pela presença do compositor. O jovem do Instituto Clara Zetkin entrou na igreja quando eu, afastado do meu grupo, me recolhia junto do túmulo, e, como se de um velho conhecido se tratasse, indicou-me a capela onde pela primeira vez tinham sido interpretadas as cantatas do *Oratório de Natal*. Luterano, animava, disse em confidência, num português bem melhor do que o anterior, um fórum de discussão cívica, independente do Partido. O fórum precisava de apoio internacional. Não avançou pormenores. Acrescentou chamar-se Thomas como o santo, prometeu procurar-me em Berlim e desapareceu. Não voltei a vê-lo.

Dias depois, tive o privilégio de fazer parte de uma brigada de trabalho socialista que, no recinto militar Karlshorst, participou na construção do *bunker* que iria acolher os dignitários do regime quando se iniciasse o assalto triunfal ao Ocidente. Ao longo de oito horas, tiritando de frio, armado de pá, picareta e luvas, abri no gelo e na neve as valas destinadas à colocação dos pilares de um futuro e incerto dormitório. Findos os trabalhos, um membro do comité central entreteve-nos durante duas longas horas com fastidiosas demonstrações do caráter agressivo da Alemanha Ocidental fascista e dos Estados Unidos imperialistas. A projeção de fotografias secretas de instalações militares americanas na Alemanha Federal demonstrava, de acordo com os dirigentes do Pacto de Varsóvia, que nos encontrávamos à beira da catástrofe planetária. O comité central preparava ativamente a resposta adequada aos ataques fascistas e imperialistas. Os países socialistas eram, contudo, como todos sabíamos, amantes da paz, e confiavam na opinião pública do Ocidente, que, na Europa e na América do Norte, se manifestava contra a política agressiva dos seus dirigentes. Ele mesmo se considerava um pacifista. Apto a responder a provocações, evidentemente. Houve aplausos e murmúrios de concordância. A jornada de trabalho socialista terminou com um beberete. Depois de várias rodadas de vodca, o pacifista já falava em destruir Bona, arrasar Paris e, com recurso a uma bateria de bombas nucleares, reenviar os Estados Unidos à Idade da Pedra.

Continuei a elaborar relatórios para memória futura. Animava-me o que, entre os fragmentos revelados e a totalidade imaginada, ia escrevendo. Extinguira-se a atração pelo desconhecido que presidira à minha fuga de Lisboa e da vida de Lisboa (comecei a admitir que de fuga se tratava). Tudo diminuíra no meu espírito, a minha sensibilidade, os meus estímulos, a minha capacidade de olhar para o exterior de mim próprio. Tudo ocorria em mim, comigo e para além de mim. Teria atingido o estado acabado do revolucionário profissional?

Em maio de 1971, uma euforia surda pareceu apossar-se das mentes dos redatores alemães. Os tais indivíduos sem idade e sem cor, que formavam uma espécie de fundo censório da redação, rejuvenesceram de um dia para o outro. Vestiram cores pálidas, enrolaram ao pescoço lenços de cores vivas, substituíram o tabaco nauseabundo por cigarros de odor aromático, cujo fumo azulado atravessava salas e corredores. Ulbricht cedia o poder a Honecker, o que era tido por um passo em frente na construção do socialismo com algumas doses de liberdade. As doses eram parceladas. Autorizavam-se concertos de *jazz* e de *rock*, inventava-se o socialismo de consumo, política destinada a incentivar a colocação de produtos nos supermercados do povo, e o secretário-geral explicava regularmente aos cidadãos as razões por que urgia defender a República dos fascistas de Bona e

Washington. Entre estas razões, ideológicas umas, materiais outras, figurava o reforço do Muro, de que o próprio Honecker tinha sido, dez anos antes, o glorioso edificador.

— Nos países socialistas, os duros são regularmente destinados a dirigir os ciclos liberalizadores – dizia-me Lozano, um exilado argentino que tinha vivido em vários países de Leste. Almoçávamos na cantina da Radio. Lozano escolhera uma mesa isolada e intercalava comentários sobre a política local com observações sobre o clima primaveril. No terraço fronteiro ao restaurante, sob um extravagante sol mediterrânico, esvoaçavam borboletas e trinavam aves. O Spree corria em direção ao Müggelsee entre abetos e carvalhos de copa ampla, no cenário idílico das lendas germânicas. De súbito, uma oliveira carregada de azeitonas tentou afirmar-se na margem do rio. Chegada à altura do primeiro andar, desapareceu num buraco, fundo como o inferno.

— Nas ditaduras em geral cabe aos duros liberalizar – considerei com grande ponderação, isto é, em voz baixa. Referia-me a liberalizações de que tinha conhecimento direto, as que, em Portugal e Espanha, intercalavam com períodos de endurecimento. – Os liberalizadores encarregam-se das fases mais sólidas da repressão.

Na televisão, um grande ecrã que dominava o refeitório, o novo secretário-geral, entrevistado por jornalistas do órgão oficial do Partido, anunciava um programa de construção de habitações populares, mais moderno e humano do que os bairros operários de Berlim Ocidental.

— Para ouvir o camarada Honecker, prefiro abreviar a hora de almoço e ir trabalhar – disse Lozano.

Um homem baixo, de cabelo negro como uma mancha negra, aproximou-se.

— O meu amigo Juan – disse Lozano.

— Juan Marín – acrescentou o outro, apresentando-se. Ocupou o lugar ao lado de Lozano e colocou na mesa duas Pilsner.

– Permitam-me que os acompanhe. – Dirigiu-se-me: – Português, não é verdade?

Compreendi que Lozano falara de mim ao recém-chegado.

— Português – confirmei. – Nem todos somos perfeitos. Há ainda portugueses no vasto universo.

— Uma grande cultura, a portuguesa. Um grande país, Portugal. Sou admirador incondicional de Pessoa e de Eça de Queirós. Traduzi *Os Maias* e a *Ode Marítima* para espanhol, que publiquei na coleção da Espasa-Calpe, que dirigi até ao ano passado. – E em português: – Até me exilar por obra e graça de Roberto Conesa. – Referia-se ao torturador-mor da Brigada Político-Social, um dos homens fortes do franquismo duro. – Um benemérito, esse senhor. Abriu-me as portas do exílio. Um paraíso, ou quase, como se nota. Bem dizem os fiéis locais: "Não queremos o Paraíso, já temos a RDA."

Lozano deixara-nos a sós. Eu observava com curiosidade o espanhol, adivinhando confidências. Marín foi bebendo as duas cervejas e insistindo na lusofilia:

— Há uma sentença de Queirós na *Campanha Alegre* que sempre me pareceu aplicar-se aos nossos dois países. Mais ou menos isto: em Portugal, a emigração não é a saída de uma população que sobra, mas a fuga de uma população que sofre.

— Assim é. Como noutras ditaduras. – Referia-me, sem a nomear, àquela em que ambos nos encontrávamos, mas o meu interlocutor fez-se desentendido. – O sofrimento é de várias ordens. Depende dos grupos sociais. O dos intelectuais é de uma espécie. O do povo de outra. Ambas resultam da incapacidade mental de burguesias que não acreditam nem estimam o país que governam. Em Portugal como em Espanha.

— Para um intelectual de origem burguesa, aliás luso-espanhol, não terá sido fácil chegar a essa conclusão. – Marín limpava os beiços sujos de espuma da cerveja às costas da mão direita. – As origens...

Franzi o sobrolho:

— Que origens?

— Pai germanófilo, diretor da ópera nacional. Mãe jogadora de *bridge*. Pais separados de facto e que continuam casados porque em Portugal, como em Espanha, o casamento é vitalício. Educação laica, apesar do catolicismo da mãe. Escola Alemã e licenciatura em Economia. Estudos de piano desde o berço. Preso pela PIDE na crise estudantil de 62. Alto funcionário do Ministério da Economia. Chega?

Eu escutava-o com um sorriso de desconforto, aguardando a sequência.

— Que mais?

— Membro do Partido Comunista Português desde 1960. Pouco ativo. Denunciado na PIDE na recente leva de prisões. E *last but not least*, amigo especial de um amigo meu.

Enquanto falava, Marín retirou da carteira cartões de visita próprios e a metade do cartão que eu deixara a Giménez em Madrid. Tapou-a com a mão direita e aguardou que, no meio de dois cartões de visita inteiros, eu lhe entregasse a outra metade. As duas metades completavam-se. Tudo se passou num abrir e fechar de olhos. Um evento banal: dois conhecidos trocavam cartões de visita.

— *Soy Ortega* – disse Marín. – Encontramo-nos ao meio-dia do próximo domingo no parque de Friedrichshain, na entrada da Märchenbrunnen.

IV

O universo fechado onde me movimentava, entre a Radio Berlin, o meu quarto e o Republik, entre uma Norma imaginada e uma Emma materializada, surgia-me alheio a critérios racionais, governado pelas vicissitudes do acaso e do arbítrio. Os encontros regulares com Ortega permitiram-me, pouco a pouco, ordená-lo. Os relatórios que entregava ao enviado de Giménez, páginas de prosa cuidada, narravam uma realidade que eu me esforçava por fazer coincidir, tanto quanto possível, com o quotidiano insípido da Alemanha socialista. Os aplausos que Ortega me transmitia, concretizados pelos avisos cifrados de depósitos em dólares na Caja de Zaragoza, iam quantificando a motivação da minha permanência em Berlim. Tornei-me condescendente comigo próprio, submeti-me à vertigem da irrealidade e assumi a minha qualidade de agente secreto. Via, ouvia, efabulava e escrevia. Numa tarde de primavera ventosa, estival para as tradições de Berlim, acompanhei Lozano até um grande armazém da Wisbyer Strasse, em Prenzlauer Berg, onde se realizava a festa da renovada democracia socialista.

— Há quem acredite – dizia o argentino, um esfíngico filósofo dos socialismos – que um empurrão popular pode levar o regime a uma real abertura. À democracia, dizem.

— Não é o teu caso, pelo que percebo – conjeturei.

— E é o teu!? Depois do que aconteceu na Checoslováquia!?

Para mim, Lozano constituía um enigma latino-americano. Fui avançando com cautela.

— Mas há forças... – objetei, sem concluir.

— Democráticas? Que é isso de democracia? Forças burguesas? Pequeno-burguesas? Revolucionárias, talvez, mas não se expõem em festivais. Ou expõem?

— Não sei – respondi com a sinceridade de que era capaz. E acrescentei: – Não sou alemão. Nem argentino. Isto é, não sou peronista de esquerda.

O outro riu.

— Talvez aqui haja um espécie local de peronistas de esquerda.

— *Quién sabe*? – perguntei, com a locução favorita de Giménez. E por entre os dentes: – A Rote Kapelle?

— Quem te falou da Rote Kapelle? Que sabes disso? – Antes que eu respondesse, Lozano mudou de tema e falou do local da festa: um ateliê coletivo, um dos locais ocupados no bairro por artistas alternativos, isto é, não oficiais, uma nave dividida em estúdios e com um espaço central, onde os anfitriões inauguravam nesse dia uma exposição que era o pretexto exterior do encontro. Sob o manto de uma festa privada, íamos encontrar, em conúbio, uma amostragem perfeita da nova RDA pós-Ulbricht: artistas por convicção, convidados, conhecidos, conhecidos de conhecidos, alternativos por princípio e obstinação, e informadores da Stasi por obrigação cívica, que, quanto a estes, podiam coincidir com algumas das categorias precedentes.

— E eu que sou nessa amostragem? – perguntei.

— Conhecido de conhecido. Tens entrada assegurada.

Manobrada por um rapaz de cabelos em canudos à maneira oitocentista, a aparelhagem sonora emitia música ocidental: *jazz*,

Beatles, Bee Gees, *rock*, canções anglo-americanas. Num balcão improvisado, dois jovens com o distintivo da Humboldt vendiam cerveja, o vinho branco local e *Schnaps*. Max Uhlig, um pintor que todos os presentes conheciam, pulou para o estrado da aparelhagem sonora e apossou-se do microfone. A música cessou, fez-se silêncio, e Uhlig, uma autoridade na matéria, proclamou a vitória da liberdade da criação artística sobre o conformismo e os preconceitos. Recordou Bärbel Bohley, a fundadora do ateliê, uma pintora ausente que teve direito a uma salva de palmas. A liberdade artística, asseverou Uhlig citando Bohley, é um elemento fundamental da democracia socialista. Bradava as palavras, enfatizando os adjetivos. A assistência, uma centena de homens e mulheres na maioria jovens, deu vivas à liberdade sem qualificativos. Uma voz isolada exigiu democracia, apenas democracia, omitindo a menção ao socialismo. Outra fez um apelo à paz e ao desarmamento. Uhlig pediu silêncio com um gesto de condescendência e encerrou a fase das arengas. Acompanhado à guitarra por uma mulher obesa e de rosto angélico, um jovem de cabeça rapada cantou temas de Wolf Biermann e Bettina Wegner, segundo Lozano os dois mais conhecidos autores e intérpretes locais de canções de protesto. Bettina acabava de sair de um período de "prova na produção", o que o jovem de cabelo rapado lembrou, originando palmas e assobios. Animados pelo álcool, os partidários da nova, futura e incerta democracia socialista e os adeptos da improvável democracia sem adjetivos passaram à dança. A intensidade das luzes diminuiu. Pares cada vez mais enlaçados repetiam um estribilho: "... *It´s now or never, now, now*." O fumo de ervas aromáticas criava um ambiente que considerei de confiança. Sem saber como, vi-me nos braços de Norma. Uma mulher de meia-idade pegou no microfone e cantou trovas francesas que o público ia repetindo como sabia, isto é, em mau francês. Num francês perfeito, Norma sussurrava os versos: "*Sans toi ma vie ne vaut plus la peine...*" Os nossos rostos tocaram-se. No meio de uma algazarra geral, um homem grande como um cipreste anunciou que iria cantar temas de Bob Dylan.

Naquele ambiente de récita de amadores, eu vivia uma miragem, um desacerto. Talvez um equívoco, o prenúncio de um acidente. Esta ideia teve a particularidade de me arrebatar. Norma sorria, ria, agarrava-me as mãos, tocava-me no rosto, beijava-me. Fumando o mesmo cigarro, caímos os dois em cima de um sofá desconjuntado. O Bob Dylan de Berlim Leste revelava que os tempos iam mudar. Dispus-me a acreditar, pelo menos no que me dizia diretamente respeito. Um homem de negro subiu ao estrado com a solenidade de um caudilho. A música e Bob Dylan calaram-se. As luzes do salão extinguiram-se, só o estrado permaneceu iluminado.

— É Klaus Lerner – disse Norma, abrindo um olho. – Um ator do Berliner Ensemble. Magnífico, vais ver.

Numa voz de barítono, espessa e brilhante, Klaus anunciou que ia interpretar excertos do *Don Carlo*, de Schiller, que o Berliner ensaiava para a estreia no outono. Envolvido em fumo e lassidão, fui ouvindo sem grande reparo as palavras do infante de Espanha. A toada do ator acabaria por me despertar. Os recitativos de *Don Carlo* contavam-se entre os exercícios incontornáveis do Colégio Alemão, e eu conhecia-os de cor, o que era próprio da memória exagerada que sempre foi a minha. Pude assim aperceber-me de que, com minúsculas modificações do texto, a revolta de Don Carlo contra Felipe II perdia o sentido filial e se tornava política. Klaus Lerner não visava o pai, mas o rei, um déspota contra o qual o infante se revoltava em nome do povo. Não era a morte do marquês de Posa que Don Carlo chorava, mas a saída do reino de um personagem superior, alguém capaz de tornar os homens mais do que humanos. "Ele não tinha por vós nem desdém nem cólera, teria podido tornar-vos felizes e amados", declamava o ator, dirigindo-se à assistência. "Onde voltareis a encontrar um coração como o dele?" À interrogação, repetida uma e outra vez, respondeu um silêncio coletivo em que distingui um misto de constrangimento e expectativa. Quem seria o ser superior que parecia estar na mente de todos?

"Da sua razão superior, um só átomo teria / feito de todos vós seres mais do que humanos": conjeturei, ou antes, intuí, que a chave da minha missão na Alemanha de Leste se encontrava contida nesses dois versos que, ditos por Klaus Lerner, me soaram de uma temerária incoerência. Mais tarde, em casa de Norma, tentei sem êxito obter uma resposta para algo que me pareceu constituir um mistério partilhado pelo grupo restrito que aí terminou o serão. Tanto quanto percebi, Klaus Lerner era o chefe natural do bando. Quando lhe observei as modificações introduzidas no texto de Schiller, respondeu-me que o alemão da RDA se afastava progressivamente do alemão ocidental. A leste construía-se uma sociedade sem classes, o que originava uma linguagem específica, liberta das regras linguísticas aristocráticas, burguesas e fascistas do III Reich e da RFA. Sobretudo, como eu já tinha seguramente notado, nas formas de tratamento e nas relações quotidianas. Ele limitara-se a atualizar o texto de Schiller, como se fazia em qualquer teatro, em qualquer país do mundo. Claro que a atualização feita em Berlim Leste diferia da atualização feita em Berlim Oeste. Havia um muro entre ambas, eu não o tinha ainda visto? O muro do apocalipse, eu não tinha reparado? E o apocalipse não justificaria uma dramaturgia e uma encenação apocalípticas? Tudo isto foi dito entre copos de *Schnaps* e doses de *Wurstbrötchen*, testemunhado e sublinhado por risos da companhia. Klaus recorria a um tom entre o irónico, o condescendente e o sério. Era um sedutor e, como eu depois teria oportunidade de apurar, um homem perigoso.

O apartamento de Norma, na Strausberger Platz, modesto de tamanho e mobiliário em valores ocidentais, mas luxuoso para os de Berlim Leste, era dominado por um piano de cauda que ocupava metade da área do salão. Norma e Valentin Becker, um jovem imberbe que tinha dado a Klaus as deixas de *Don Carlo*, interpretaram temas dos Beatles. Depois, Max Uhlig tocou *Quadros de uma exposição*, de Mussorgsky, peça que servia de tema a um mural que acabara de concluir para uma estação de metro cuja localização se recusou a revelar. No início do terceiro movimento, a companhia quis *jazz*, *pop*, *rock* ou *ye-ye*. Percebi que a diferença entre os vários estilos era imprecisa para os convivas. Valentin agitou uma guitarra elétrica. Uhlig abandonou Mussorgsky e ensaiou uma balada alemã-oriental, proibida pela censura e de qualidade duvidosa. Klaus afirmou que chegara a altura de pôr ordem na assembleia. Pediu a Norma que interpretasse *Wine and women*, dos Bee Gees. Norma desconhecia a letra. Que ficasse pela música, a partitura estava em cima do piano, insistiu Klaus. Norma mantivera-se junto de mim durante toda a tarde, numa eleição inequívoca. Apertou-me o braço e anunciou que, sem revelar segredos profissionais, podia informar os camaradas de algo de musical, de grande, que constava do meu dossiê da Radio. Os meus conhecimentos e dotes na matéria eram vastíssimos, afiançou, e rogava-me que tocasse uma peça à minha escolha. A surpresa da revelação impôs-me a recusa. Mas o que vi pelo canto do olho despertou o meu desejo de aceitar. O piano era um *Bechstein*, como o da prova do meu interrogatório pela gente da Stasi. Acertei a altura, experimentei os pedais, pensei no meu pai. No dó 1 havia uma falha. O *B* e o *t* da marca estavam sumidos. Precisamente o que eu notara no piano do interrogatório. O piano de Norma era o do interrogatório. Reincidi. Informei a distinta freguesia de que ia tocar uma transcrição para piano, da minha autoria, de *Assim falou Zaratustra*, de Richard Strauss. Ensaiei os acordes e, encarando a assistência, citei Zaratustra:

— Grande astro, que seria da tua ventura se te faltassem aqueles a quem iluminas?

Toquei sem sentimentalismo nem piedade. Vi-me dias antes nos interrogatórios na Stasi, e rangi os dentes, de fúria e raiva. Vi-me adolescente, pensei no meu pai e ergui o peito, arrebatado por outra fúria e outra raiva. Imediatamente antes do início da terceira parte, "*Von der großen Sehnsucht*", parei.

— Porque paraste? – perguntou Klaus, fixando-me com autoridade. Reparei pela primeira vez na contradição entre a boca, de uma brandura lânguida, e o olhar severo do meu interlocutor. Os outros mantinham-se suspensos, de mim ou de Klaus.

— É suficiente. Por hoje. Como dizia Zaratustra, como é possível que o ancião do bosque ainda não saiba que Deus já morreu?

Fiquei em casa de Norma. Nessa noite e nas seguintes. Estabeleci-me, estabelecemo-nos, numa espécie de vida conjugal não declarada. No trabalho, mantínhamos uma distância que me estimulava os sentidos. Os sentimentos, esses, como era meu costume e apanágio, limitavam-se à libido. O que não era pouco: sabia-me escravo da beleza multiforme da minha companheira, austera e reservada no trabalho, viva, branda e permissiva na intimidade que partilhávamos. Atraíam-me a graça espontânea, a sobriedade dos modos, os pés e as mãos de modelo Pergamon, os pulsos e os tornozelos finos, a nuca e o lenço do pescoço, o sorriso nos lábios e os lábios sem o sorriso, os cabelos cor de canela e a pele mate, predicados que ia descobrindo em Norma e que a singularizavam entre as espécies femininas com que me cruzava, louras, pardas, de sandálias com meias de linha, cidadãs modelo da República Democrática Alemã, regime que exigia do sexo feminino a igualdade na deselegância, ou, no máximo (o que me comovia), o requinte da modéstia. Ela era um padrão. As outras mulheres invejavam-na sem a copiar; os homens, que não ousavam aproximar-se dela, invejavam-me. Passávamos os serões juntos, e eu dormia quase todas as noites na cama da Norma de carne e osso, numa realidade sensualíssima que, durante meses, desejara e mitificara. Afastei-me de Emma. Mantive o meu quarto da Associação de Escritores, na Friedrichstrasse, local onde guardava a roupa. Entre as costuras dos fatos e as palmilhas dos sapatos, escondia, quando necessário, os escritos e documentos a aguardar despacho para Giménez. Criara com Ortega uma regularidade de encontros no parque de Friedrichshain, onde corria, sempre que dispunha de tempo livre, pelo menos nas manhãs de domingo. As nossas relações na Radio eram as necessárias para não dar nas vistas, isto é, nem muitas, nem nenhumas. Depois de um sinal discreto de um ou do outro na cantina, encontrávamo-nos no parque na manhã de domingo seguinte. Como dois colegas com pouca intimidade, caminhávamos juntos durante escassos minutos, os suficientes para as entregas. Troca muda, toque rápido de duas mãos. De Giménez recebia mensagens orais. As que eu lhe enviava conservava-as comigo apenas o tempo imprescindível, fazendo os possíveis por manter vazio o meu depósito secreto. "Locais sempre limpos", exigia Giménez pela boca de Ortega.

No quadro austero da Alemanha Oriental, o meu quotidiano adquiriu uma normalidade aceitável. Partilhar a vida com Norma garantia-me a fruição de bens desconhecidos para o comum dos cidadãos da República. Depressa me apercebi que, diretamente ou por interpostas vias, a minha companheira tinha acesso a produtos do inimigo, isto é, da Alemanha Federal e de Berlim Ocidental. Estaria autorizada a entrar em Wandlitz, o refúgio fortificado onde os dignitários do regime dispunham de lojas que vendiam bens inacessíveis aos pobres mortais? As funções que desempenhava na Radio Berlin justificariam tal privilégio? Procurei não me interrogar a esse propósito, e ainda menos questionar Norma, que nada fazia por me esconder os direitos regalistas que lhe assistiam. Suspeitávamos provavelmente um do outro, o que não impedia uma intimidade prodigiosa. Cultivávamos um vínculo erótico (eu dizia *imoral*) com a música, de que havia em Berlim Leste uma razoável oferta. Faltava-me a Philharmoniker, de que me separava o Muro, e cuja programação acompanhava com instintos de trânsfuga. As diretrizes constantes do meu contrato de jornalista da Radio Berlin International eram, porém, claras: os convidados da República partilhavam as limitações impostas ao povo alemão pela luta contra o fascismo. Eu dispunha de um livre-trânsito que me permitia viajar pelos países socialistas e, embora conservasse o passaporte português (tinha deixado o espanhol em Paris, como Giménez exigira), comprometera-me a não o utilizar, pois, como qualquer cidadão alemão-oriental, devia respeitar o muro antifascista.

Via a Philharmoniker pelos binóculos de Norma e ouvíamo-la em conjunto nas transmissões da rádio ocidental, irregulares e regularmente interrompidas pelas falhas de energia elétrica comuns em Berlim Leste. Consolava-me cogitando que Furtwängler tinha morrido, Celibidache partira para Munique e Von Karajan não me entusiasmava. Na Berlim aquém-Muro tínhamos a Staatskapelle, onde, numa noite de nevão que imobilizou a cidade, assistimos ao concerto de encerramento do ano escolar de uma academia de Leipzig. Sala deserta, sem calefação. Sós na plateia, aquecíamo-nos mutuamente. Dois jovens violinistas, masculino e feminino, belos e ambiciosos, provavelmente irmãos, interpretaram o *Concerto duplo para violino BMW 1043*, de Bach. No *Largo ma non tanto*, a orquestra apagou-se, o diálogo dos violinos tornou-se uma sublime dissonância. Apertei a mão, tensa e suada, de Norma. Entendi nesse momento a dimensão daquela sociedade dita socialista em que tudo era contido *mas nem tanto*. Ânimo, convicções, clemência, violência, caráter, tudo era modulação. Nem tanto, nem de mais. Se Mozart pertencia à Áustria e Beethoven à Alemanha Federal, Bach era a Alemanha de Leste. No dia seguinte, na solidão do meu quarto, onde redigia uma mensagem para Giménez, regressei ao tema. E Wagner, de quem era Wagner? Da Grande Alemanha? Onde se refugiara a Grande Alemanha depois da derrota do III Reich? Teria ocasião de o saber, suspeitei.

Aos sábados convivíamos com as relações mais próximas de Norma, alguns, poucos, colegas da Radio Berlin, atores do Berliner e do Deutsches Theater, músicos e artistas plásticos dissidentes ou que por tal passavam. Entre todos, Klaus Lerner brilhava como uma estrela sem rival. Poetas e cantores de tribos que no Ocidente se chamariam alternativas ou contestatárias animavam serões na capital e nas províncias. Acompanhávamo-los em caravanas que pretendiam furtar-se aos olhos e aos ouvidos dos esbirros da Stasi. Às vezes pressentia que as previsões de Lozano se verificavam, e que os esbirros faziam parte do grupo. Essas excursões assemelhavam-se demasiado a outras de idêntica matriz em que participara em Portugal. Também os feitos da censura em relação às artes e à escrita me recordavam os domésticos. Os censores veem sempre o evidente e raramente o subtil. Cá como lá, ou lá como cá, no teatro e na canção, escreviam-se barbaridades bem visíveis para que os censores as cortassem, deixando, por inadvertência e incultura, passar as invisíveis. E as invisíveis passavam, o que constituía uma fonte de regozijo, porque, lá como cá e cá como lá, era sempre um prazer indescritível iludir interditos políticos, sobretudo os da censura. "Os censores", dizia Klaus, "são insensíveis ao humor, não compreendem a metonímia e ignoram a antonomásia." Também a música do inimigo, interpretada ou reproduzida nas festas privadas, e sobretudo nas discotecas públicas, era sabiamente intercalada por composições locais concebidas para a juventude pelos departamentos de Estado com competência na matéria. O *lipsi*, engendrado para se opor ao *rock*, misturava melodias, o que favorecia a dança tradicional tão prezada pelos alemães. A letra exaltava os valores da Alemanha socialista. O produto final situava-se entre o deprimente e o ridículo. Como acontecia com as congéneres ocidentais, tinha a qualidade excelsa de ser incompreensível.

Nesse verão, a Associação de Escritores, minha hospedeira, solicitou à Radio que me dispensasse para servir de intérprete a um grupo de escritores portugueses em visita à República Democrática Alemã. A Deutscher Schriftstellerverband, uma repartição do Estado e do Partido que adestrava escritores como outros departamentos de maior vulto disciplinavam operários ou funcionários da administração, tinha o prestígio e as benesses do poder. Os membros partilhavam tais atributos na medida em que, pelo pensamento e pelas obras, serviam o antifascismo, o anti-imperialismo e o socialismo. Caso contrário, seriam expulsos e, como funcionários que eram, impedidos de edição, de bolsas e de ordenado. Os literatos fiéis aos grandes princípios tornavam-se peritos em realismo socialista, uma espécie de otimismo do progresso histórico que ensinava ao povo alemão o atalho da prosperidade futura e aos povos do mundo inteiro o caminho da derrota definitiva do imperialismo norte-americano. Todos os filiados da DSV eram antifascistas por quesito de fé, comunistas por inerência e pacifistas por vocação. A presidente recebera em

1951 o Prémio Lenine para a Paz, galardão que partia do axioma que classificava os países socialistas como defensores da paz, e o Ocidente como promotor da guerra.

Coube-me traduzir para português os milagres do socialismo e as vantagens do estatuto dos trabalhadores da escrita na Alemanha Democrática, operários da palavra, irmãos dos operários das indústrias, das minas e dos campos. Os escribas lusitanos responderam com o relato circunstanciado dos infortúnios das virtudes literárias no Portugal salazarista. Rejeitavam o presente em nome do passado, e o passado em nome do futuro. Para facilitar o meu trabalho, dispensaram-me o texto datilografado das declarações mais solenes, o que me permitiu conservar a memória dessas heroicas jornadas da literatura portuguesa em terras da Alemanha socialista. Na primeira sessão pública, o mais velho da comitiva, cujo nome não retive, um homem de cabelo branco, perfil romano e casta de dirigente estalinista, narrou a perseguição aos escritores antifascistas, a censura a que estavam sujeitos e as dificuldades em editar, de que todos se queixavam. Em resposta à pergunta de um confrade alemão, revelou que os escritores portugueses guardavam ciosamente (tive dificuldade na tradução do advérbio) preciosos manuscritos, à espera do dia da liberdade. Guardar em sentido próprio, acrescentou, porque havia que esconder as obras das buscas regulares da polícia política. Outro dos membros da delegação, um homem ainda jovem, franzino, com voz de tenor lírico, confirmou emocionado que polícias e censores tinham já, insidiosamente (mais um advérbio de tradução problemática) destruído originais de obras-primas da literatura nacional. De lágrimas nos olhos e na garganta, comunicou aos camaradas da Alemanha democrática e socialista que, apesar de morto e enterrado, Salazar, ditador da escola de Hitler, Mussolini e Franco, continuava a governar o país. A liberalização esperada com a chegada de Marcello Caetano à presidência do ministério tinha falhado, esclareceu em russo uma escritora de idade avançada. Em alemão, o jovem franzino louvou a Alemanha Democrática, estado socialista onde, como a delegação portuguesa comprovara, estavam presentes a glorificação do trabalho, manual e intelectual, e a vontade de paz. Em Portugal, pelo contrário, prosseguiu em tom de lamentação e em português (que me esforcei por traduzir em tom idêntico), o verdadeiro poder residia na polícia política, que perseguia, torturava e matava artistas e escritores, procurando até, e nalguns casos com êxito, aliciar para o regime intelectuais sem firmeza ideológica. Fiz os impossíveis por conter o riso. Tinha notado sinais de incómodo entre os literatos anfitriões, todos muito provavelmente informadores da Stasi.

Acompanhei a delegação em visitas a unidades agrícolas e industriais modelo, símbolos da prosperidade da Alemanha socialista, a décima potência industrial do mundo. Depois de uma longa jornada numa exploração agrícola coletiva na Turíngia, entre camponeses felizes, camponesas fantasiadas de trajos regionais, cavalos de raça e tratores de fabrico local, o jovem franzino quis saber se estava prevista uma deslocação a Weimar e às casas de Goethe e de Schiller. Respondi-lhe que num país socialista um trator vale mais do que duas casas de escritores alemães, e um rancho de camponeses muito mais do que um bando de escritores estrangeiros. A minha resposta convenceu-o. No dia seguinte, fomos recebidos no Palácio da República, onde tive a honra de ser apresentado ao camarada Honecker, que brindou ao fim próximo da ditadura portuguesa, erguendo um cálice do porto oferecido pelos visitantes. O decano da comitiva saudou em Honecker o edificador do Muro destinado a proteger a RDA da incursão confederada dos inimigos do socialismo (transcrevo *ipsis verbis*). O jovem franzino, um exemplo de lirismo revolucionário lusitano, descreveu as duas realidades separadas pelo Muro. Mais uma vez reproduzo tal qual: de um lado, a construção socialista, voo conducente à harmonia do homem através do homem; do outro, atrás de fachadas imponentes, de complexos iluminados a néon, o esforço desesperado de manutenção de um regime económico já há muito condenado pelo movimento emancipador da História.

Houve ainda o momento comovedor da deposição, em nome do povo português, de uma coroa de flores no monumento do Treptower Park aos soldados soviéticos que libertaram Berlim. Em nome do povo português, insistiu o literato dos cabelos brancos, de modo a que constasse para a História. Assim insisti em alemão. Admito que a História registe o feito, à margem das dezenas de citações do Pai dos Povos que decoram as estelas funerárias do monumento.

Acompanhei finalmente os representantes do povo português até Binz, no Báltico. Convidados pela frente de sindicatos, instalavam-se durante uma semana nos pavilhões balneares de Prora. Num dos grandes edifícios semiacabados destinados aos operários nazis, galerias lúgubres percorridas pelo sopro do Anjo da História, veraneava o escol do sindicalismo comunista alemão. Deixei os meus compatriotas nesse paraíso proletário, onde iriam gozar os prazeres de um mar álgido, de um céu cinzento e sem sol e, muito provavelmente, de aguaceiros e temperaturas baixas. Caberia a professores e estudantes de Português da Universidade de Rostock acompanhá-los nessas jornadas balneares.

Norma veio ter comigo a Rostock num *Trabant* que cheirava a novo. Tinha à nossa disposição, durante uma semana, as chaves de um pavilhão de caça que pertencera a uma família da aristocracia. O local, de um apuro rústico, intrigou-me. Gravadas no serviço de mesa, as armas da linhagem grã-ducal de Mecklemburgo: uma coroa dupla, um dossel, um touro com cornos de prata, um grifo de ouro, liras, flechas, escudos de glórias pregressas. Um dos membros da família apoiava o governo da república democrática, disse Norma. "Um patriota, ao que me dizem", acrescentou, sem entrar em mais explicações. Foram felizes, esses dias em terras da Prússia. Dávamos grandes passeios a pé pelas florestas do Mecklemburgo, descemos o Recknitz de canoa, nadámos nas lagoas e ribeiros. O ar era revigorante, o céu translúcido, as águas vivas. Ao fim da tarde, acendíamos uma fogueira no terreiro.

Grelhávamos peixe, salsichas e legumes. À nossa volta tudo era penetrante e intenso. Noite alta, ouvíamos os cavaleiros teutónicos, que, perdidos nas vagas do tempo, passavam a caminho de uma nova batalha de Grunwald, que os vingaria das contendas perdidas.

— Vão regressar, não duvido – dizia Norma em voz baixa.

Na cama, entre lençóis de linho com as armas grã-ducais bordadas a fio de seda, voltei ao tema:

— Vão regressar, dizes tu? E a vossa Nationale Volksarmee? E o Pacto de Varsóvia? E a União Soviética?

O rosto da minha companheira brilhava no escuro. Encolheu os ombros. Indiferença? Descrença? Cansaço? Ao longe, uma orquestra tocava Wagner, o prólogo de *Götterdämmerung*. Adormecíamos nos braços um do outro.

Em setembro, numa tarde de domingo, Norma informou-me de que Jürgen Erlanger chegava no dia seguinte a Berlim Leste. Passaria pela Radio para me ver.

— Fica com ele o tempo necessário – acrescentou. – Será melhor que almocem fora. Tens dispensa à tarde. E leva o *ushanka* russo que está aí pendurado na entrada. Protege a cabeça e as orelhas antes que te caiam.

Não lhe perguntei como tinha sabido da chegada de Jürgen, nem quem lhe encomendara o recado. Mais tarde, recorri ao erotismo imoral para a possuir com um frenesim taciturno e rude. O homem é um rio turvo, dizia Zaratustra. Ela era uma obra de arte, uma *partita*, uma estátua antiga, grega, etrusca, romana. Eu era o rio de Zaratustra. Chovia, sopravam ventos rudes, o outono antecipava o inverno, a essência da solidão incitava à falta de escrúpulos. Deitado na cama, com Norma a meu lado, pensei que naquela Berlim tão germânica, tão diferente e tão próxima da Münster da minha adolescência, tudo o que era positivo podia ser negativo e tudo o que era negativo viria, muito provavelmente, a revelar-se positivo. Movia-me, compreendi, numa realidade incoerente e instável.

Jantei com Jürgen no Moskau. Veio ter comigo à Radio ao fim da tarde. Preferia o jantar. A conversa seria longa, teríamos a noite à nossa frente. Era um convite e, de qualquer modo, seria reembolsado. Também não fiz perguntas, mas obtive respostas: tinha uma missão oficial a propor-me, a Freie Deutsche Jugend pagava as despesas. À saída do táxi, na Karl-Marx-Allee, acrescentou que a proposta recebera o aval de gente altamente colocada no Partido. Altamente, insistiu. A ideia de receber uma proposta naquele cenário de luxo socialista despertou a minha curiosidade; a insistência no aval de gente do alto desassossegou-me. Para meu espanto, Jürgen gozava do privilégio de cliente habitual, e o *maître*, certamente um cúmplice das altas esferas, conduziu-nos a uma mesa protegida dos olhares indiscretos por uma planta artificial, grande como um biombo. O biombo era branco. Tudo era branco à nossa volta: as mesas, as paredes, a chuva que caía com geométrica regularidade e que as luzes do restaurante convertiam numa fina malha de aço. Também o meu anfitrião era branco. Ou assim o vi na transparência metálica que nos cingia. Pareceu-me mais inarmónico do que nunca. As mãos eram dois leques, o nariz um bico de águia, os olhos esmeralda dois abismos. Surgia-me um enviado do vento leste, alguém que, de súbito, se me tornou alheio. Comemos pratos russos, *blinis* com caviar, arenque com pepino e ganso com puré de nabos. Bebemos vodca e vinho da Crimeia. No início da refeição, Jürgen falou da cozinha russa como um conhecedor. Nomeou restaurantes em Moscovo e Leninegrado, descreveu receções no Kremlin e na Lubianka, para onde era regularmente convidado. Lubianka? O nome da sede do KGB surpreendeu-me. O meu anfitrião insistiu: "Lubianka, claro, é preciso conhecer as sedes do poder, todas." E avançou uma teoria, de fundamento alcoólico, que definia o poder como o domínio reservado das polícias políticas. A chave do poder político encontrava-se nas polícias políticas. Nas ditaduras, claro, mas também nas democracias. "Vê a CIA! Vê a América!" Percebi que a Lubianka servira de introdução ao tema principal. Jürgen perguntou à queima-roupa:

— Sabes atirar?

— Não caço, nem fiz a tropa. Posso aprender.

— Já mataste alguém?

Engoli em seco.

— Não. Nunca.

— Serias capaz de matar?

Hesitei.

— Julgo que sim. Julgo. Se fosse necessário.

— Como?

Hesitei de novo.

— Com uma arma, claro. De mãos nuas, acho que não. Não me vejo a matar de mãos nuas.

Jürgen queria outra resposta.

— Pergunto-te com que ânimo matarias.

— Com fúria e raiva – respondi sem titubear. Vi-me denunciado, sujeito a uma matilha de cães-polícia ou de esbirros da PIDE. Ou da Stasi. – Com fúria. Como no piano. – Tamborilei na mesa com os dedos de ambas as mãos.

— Música atonal – resumiu Jürgen. – Percebo. Percebo-te. – Uma pausa. E em voz de confidência: – A propósito, lembras-te do que te disse em Portugal acerca de Ernst Bloch? O princípio da esperança, a utopia, etc.? Em nome de altas esferas (toma nota: *de* altas esferas e não *das* altas esferas), proponho-te participar num movimento (chamemos-lhe assim) que devolverá Ernst Bloch à República e com ele a esperança, a utopia do presente, a renovação do socialismo pela democracia. Só o filósofo exilado em Tübingen pode salvar a pátria alemã do socialismo. Há nas altas esferas do Partido e do Estado quem assim pense. Há outros a quem essa ideia, se dela tivessem conhecimento, originaria uma violentíssima reação de recusa. Violentíssima, mortífera, etc. É por isso que te pergunto se estás disposto a usar uma arma. E a matar, se necessário.

— E a morrer, se necessário.

— E a morrer, espero que não venha a ser o caso. Embora Bloch mereça que, se necessário, se dê a vida por ele. Quando se exilou em Tübingen, em 1961, Ernst não demonstrou pelos seus concidadãos nem desdém nem cólera, ao contrário do que afirmam aqueles que, pela insídia e pela ameaça, o obrigaram ao exílio. Onde voltaremos a encontrar uma inteligência e um caráter como os dele, capazes de salvar a República? É de Ernst Bloch que a República precisa.

Reencontrei nestas palavras a voz de Klaus Lerner declamando uma versão corrigida e aumentada de *Don Carlo*. Era então Bloch o ser superior que estava na mente de quem tinha participado em maio na festa da renovada democracia socialista. Citei Schiller no original:

— *Da sua razão superior, um só átomo teria / feito de todos vós seres mais do que humanos*. É isso?

— É isso mesmo. Vejo que compreendeste o alcance do que aí vem.

— É uma conspiração?

— Se assim quiseres.

— Um golpe de Estado?

— Se assim quiseres.

— E Ernst Bloch? Concorda? Faz parte do... movimento?

Jürgen soltou uma gargalhada que abafou as conversas, em tom cada vez mais estridente, dos camaradas soviéticos que, no bar, se comportavam como donos da casa, de Berlim Leste, da República Democrática Alemã.

— Claro que concorda! Claro que apoia. Quer acabar com situações como esta, em que os soviéticos, isto é, os russos, assumem sem escrúpulos atitudes de colonizadores. – Uma obstinação animava o rosto de Jürgen, que se me dirigia em tom grave e cativante: – Há que renovar a Alemanha socialista. Bloch pode e deseja fazê-lo. E nós fomos escolhidos para o apoiar.

— Fomos!? Nós!? – perguntei, sublinhando a primeira pessoa do plural.

— Sim. Nós. Tu também. Desde Portugal, desde os nossos primeiros encontros, que fazes parte de... – Calou-se.

— *Ich kann nicht.* Não posso.

— *Du musst. Ganz ehrlich.* Deves. De verdade.

Esfreguei os olhos. Manifestara-se a primeira das visões que me iriam perseguir. A torre da televisão despenhava-se sobre o Palácio da República. O viaduto ferroviário da Alexanderplatz ruía. O Spree inundava a ilha dos Museus. Era meia-noite menos um minuto. Jürgen levantou-se e assinou a nota de despesas que o *maître* lhe apresentou com um gesto de deferência. Pelo canto do olho, identifiquei o escudo da República no topo do documento.

— Pelas minhas contas – disse eu –, Bloch deve ter mais de 80 anos. Um tanto idoso para o efeito.

— Vais conhecer o camarada Galileu – disse Jürgen, sem tomar em conta a minha observação. – Agora.

Recusou um táxi e caminhámos na noite em direção à Alexanderplatz. As minhas pobres botas portuguesas deixavam entrar a chuva, o vento feria-me o rosto. Enterrei na cabeça o gorro russo que encontrara em casa de Norma e abotoei o casacão de couro e lã de carneiro, que uma vez mais agradeci mentalmente à minha mãe. Visto de longe, envolto em bruma, o viaduto ferroviário era uma amálgama de ferro, pedra e chamas. Um corte de energia apagou a iluminação pública. O meu coração palpitou, antevendo o pior. Uma patrulha de Vopos identificou-nos. O meu companheiro entregou um salvo-conduto, que o chefe devolveu com uma continência. O frio gelava-me os pés nas botas e as perguntas na garganta. Sentia-me espiado por olhos invisíveis, escoltado por sentinelas, guardado por carcereiros. Percorremos ruas e ruelas sem rumo aparente. Num pátio esconso da Rosenthalerstrasse, Jürgen bateu a uma porta. Identificou-se através da senha que ouvi pela primeira vez: *Gerstäcker*.

— A partir de agora, o nosso abre-te sésamo – disse o meu companheiro, dando-me passagem. – Nosso. Ouves bem?

Esperava-me um espetáculo extraordinário. Encontrava-me numa discoteca onde dezenas de jovens dançavam ritmos que eu julgava banidos ou desaconselhados na república operária.

— Mas que é isto? – perguntei.

Avaliando a minha estranheza, Jürgen precisou:

— *Heavy metal*, *rock* psicadélico, mais propriamente.

Nunca fui perito na matéria, mas o adjetivo psicadélico pareceu-me adequado à caracterização do ambiente e dos comportamentos da massa caótica que, entre danças e contorções, se apinhava na pista. No centro, uma bola giratória de vidro refletia luzes coloridas num vórtice frenético. Sons pesados, maciços, distorcidos pelos amplificadores, ecoavam ao longo de uma galeria para a qual, por entre cotoveladas e empurrões, Jürgen me foi conduzindo. No termo da galeria, a segunda porta dessa noite introduziu-me num ambiente diametralmente oposto. A música psicadélica extinguira-se. Em surdina, os acordes barrocos de uma espineta. Seria Bach ou seria um dos muitos filhos de Bach. Ou um neto, não identifiquei a autoria. Jürgen desaparecera e eu encontrava-me desamparado, largado num gabinete com estantes repletas de livros, sofás puídos e uma secretária. À secretária estava um homem de meia-idade, elegante, de fato de lã inglesa e gravata de seda.

— Sou Galileu – disse, estendendo-me a mão. Tinha o olhar inteligente e perspicaz de um capitão da indústria. Ofereceu-me um dos sofás. – E sabe, caro camarada Vasco, por que razão sou Galileu? Porque sei que a Terra se move. E com ela a nossa República. Ao contrário de outros, acredito na mudança. É disso que iremos falar. Quer um charuto? Cubano. *Partagas. Serie D nº 4*. Dizem-me que é o favorito de Fidel. Seja ou não seja o dele, é o meu.

— Aceito – respondi. A vodca e o vinho da Crimeia toldavam-me o entendimento. Apostei no *Partagas* para me abrir o espírito ao que aí vinha. O meu interlocutor colocou em cima da mesa uma pistola pequena, idêntica à de Raposo.

— Observe esta arma: uma *Walther PPK*, 7,65 mm. Uma obra de arte. Se a nossa união, chamemos-lhe assim, funcionar como espero, receberá uma idêntica. Sabe atirar?

— Aprendo.

— Falemos então da mudança. – Voz de baixo-barítono, wagneriana, a de Galileu. – Conhece Ernst Bloch, não é verdade?

— Conheço o filósofo, não o homem. E conheço mal. Li pouco.

— Pois irá ler muito, para o conhecer melhor. Aqui, neste gabinete, encontrará todos os livros proibidos na nossa república de censores. Inclusivamente os de Bloch. Disseram-me que considera o filósofo um homem demasiado idoso para o papel que dele esperamos. Não o é. Pretendemos que a nossa República se autonomize da proteção soviética, que, mais cedo do que tarde, vai investir o nosso destino na bolsa da República Federal. O Anschluss é uma tradição alemã. Vamos romper com essa tradição. Se formos capazes de renovar a República, edificando a utopia realizável que é o essencial do pensamento de Bloch, um futuro pacto de sociedade com os alemães ocidentais fará surgir uma nova Alemanha, unificada, independente de soviéticos e americanos. Unificada, repito, sem anexações.

— Neutral? – arrisquei.

— Neutral, claro, entre russos e americanos. Com uma política própria, diferente das políticas das outras potências. Seremos a terceira grande potência. Temos gente em Berlim e em Bona que considera chegada a hora da Alemanha. Gente de altas esferas, capaz de trabalhar em conjunto e em segredo.

— Uma utopia, efetivamente – disse eu, meditando no interesse que Giménez iria demonstrar pelo tema de uma futura Alemanha unificada, feita a terceira grande potência mundial. Entre dois tragos de *Partagas*, concedi: – Realizável, talvez. Wagneriana, provavelmente.

— Provavelmente. – A hipótese não pareceu incomodar o meu interlocutor. – Veremos. Cito Bloch de memória: devemos acreditar no princípio da esperança, um marxista não tem o direito de ser pessimista. Não tem esse direito, ouviu bem? – Voz de baixo-barítono, a de Galileu, confirmei. A de Wotan em *Die Walküre*. – Vamos refazer a Alemanha. Até a música alemã. Ouve esta gravação? Não, não é Bach pai, nem dos filhos, nem dos netos de Bach. É uma *partita* que compus a partir de Bach. Depois de Bach passarei a Wagner, um novo

Wagner de uma nova Alemanha, unificada e livre segundo o princípio da esperança de Ernst Bloch. Está a ver como o filósofo não é demasiado idoso para o nosso projeto?

Via, estava a ver. Apesar do álcool, do fumo e do cansaço que me toldavam o otimismo. A digressão noturna esgotara-me. O adiantado da hora guiava-me na direção do pessimismo de Nietzsche. Pensei noutra Alemanha, noutras Alemanhas, e nos Wagners dessas outras Alemanhas. Galileu levantou-se e estendeu-me a mão. Na lapela do casaco brilhava o escudo de armas do grão-ducado do Mecklemburgo. Cornos de touro em prata e grifo em ouro que tiveram a virtude de me encandear.

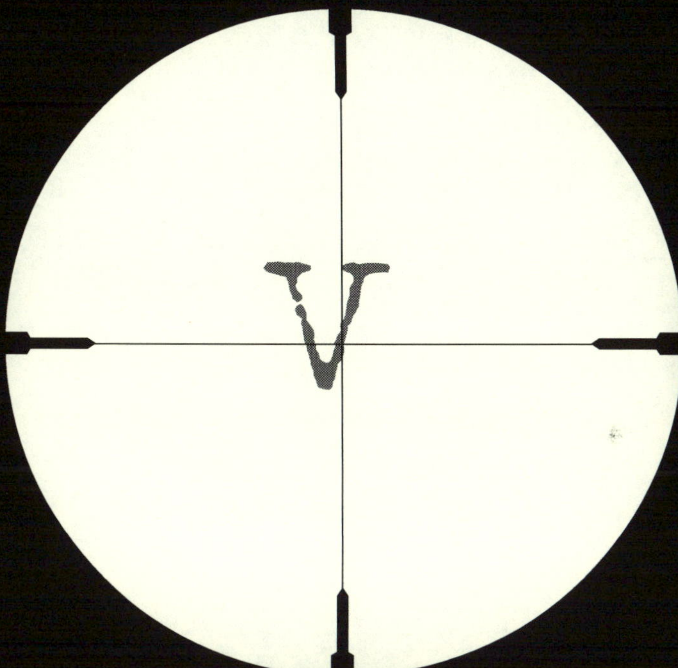
V

Recebi uma nova identidade. Na Operação Gerstäcker eu era José Moraes. Nascido em Macau, de pais portugueses, órfão desde os dois anos. Uma tragédia oportuna, ocorrida em plena guerra. O meu pai, um homem de negócios sem fronteiras, encontrava-se em Xangai ao tempo da ocupação japonesa das concessões internacionais, em 1941. Preso, acusado de espionagem, os invasores exigiram um resgate que a minha mãe, senhora corajosa descendente de velhas estirpes lusíadas, fez questão de ir entregar pessoalmente ao maioral que governava a cidade. O xogum, um bárbaro de princípios, autorizou-a a juntar-se ao marido, mas confiscou-lhe o dinheiro e a liberdade. A partir desses eventos funestos perdeu-se para sempre o rasto dos meus progenitores. Parentes ou conhecidos tiveram a bondade de, cotizando-se, me enviar para um internato em Zurique, onde passei a infância e a adolescência. Preenchi com esmero os dados desta minha identidade. Mapas, documentos forjados, endereços, nomes de professores, colegas, conhecidos, tudo fez de mim o *Herr* José Moraes, uma ave rara de língua e cultura alemãs e passaporte português emitido em Macau. Colecionando identidades, nomes, pseudónimos e passaportes, eu ia organizando o que de íntegro e de impostor havia em mim.

O exercício, que começara como um divertimento, tornou-se aquilo que de mais íntimo me caracterizava.

Em 6 de outubro, eu, José Moraes e Peter Herder, aliás Klaus Lerner, suposto natural de Travemünde (porto do Báltico onde, segundo os censos, quase ninguém dava à luz, o que reduzia as possibilidades de encontrar conterrâneos), atravessámos clandestinamente a fronteira com a República Federal, algures a oeste de Eisenbach. Jürgen Erlanger, ao volante de uma carrinha Volkswagen com matrícula alemã ocidental, aguardava-nos quinhentos metros mais adiante. "*Volle Fahrt voraus*! A toda a brida!", exigiu o chefe da expedição. Quatro horas depois estávamos em Colónia. Tínhamos encontro previsto com Ernst Bloch, que no dia seguinte falaria num comício organizado por movimentos europeus pela paz e pelo desarmamento. Vincent, um dos próceres pacifistas, reservara-nos um quarto, para Klaus e para mim, num hotel de fábula em Köningsforst. O local era excêntrico, na paragem de uma linha de elétrico que desaparecia na orla de uma daquelas florestas góticas em que vivem deuses e heróis de Wagner. Casas fechadas, duas ruas sem saída, uma estrada que conduzia ao Walhalla, no cruzamento das ruas, uma cervejaria cujos proprietários, hirtos como figuras de cera, aguardavam clientes pretéritos. A Gasthaus Böbel, Hotel das Salsichas para os íntimos, tão deserto de clientes como a cervejaria, pertencia a um carniceiro, famoso pela qualidade dos derivados porcinos que fabricava. Esteta de enchidos e embutidos, *Herr* Böbel decorara a casa de hóspedes em estilo a condizer. Um intestino de porco eletrificado servia de anúncio luminoso. As camas e as mesas assentavam em pés bífidos. Havia salsichas no papel das paredes, as almofadas e os sabonetes eram em forma de salsicha, do teto dos quartos pendiam salsichas frescas, ou algo que a salsichas frescas se aparentava.

Como era próprio do local, o restaurante só servia carne de porco, com especial relevo para a *Bratwurst* Böbel, famosa em toda a bacia do Reno. À chegada, esse tesouro foi-nos servido em abundância, com requintes de adornos das travessas, que incluíam cabeças, línguas, orelhas, pés, miudezas e tripas do porco, tudo disposto em torres e cascatas. *Bratwurst Suppe*, *Bratwurst Salat*, *Bratwurstschnitzel*. Memorável jantar, ilustrativo da empresa a que me via associado! Pantagruélico, no sentido próprio, pois que os comensais se portaram como personagens de Rabelais, devorando tudo o que o casal Böbel foi colocando na mesa ao longo do serão. Num crescendo de gula, cervejas de várias marcas e origens, vinhos do Reno, *Schnaps*, vodca e uísque regavam liberalmente as iguarias, servidas numa saleta que *Herr* Böbel reservava para os hóspedes notáveis. O estalajadeiro, da casta do que armou cavaleiro o Quixote, mantinha com os meus companheiros uma relação muito próxima. Era simpatizante da causa da paz, disse-me Vincent, que participava no repasto a título de anfitrião. A causa da paz confundia-se, segundo entendi, com a do comunismo. A União Soviética e a República Democrática Alemã amavam a paz, os Estados Unidos amavam a guerra. A República Federal encontrava-se num limbo. Willy Brandt, o chanceler social-democrata, aproximava-se do Leste, assinava a paz com Moscovo, estabelecia relações com a República Democrática Alemã. Se um dia se afastasse dos Estados Unidos, disse Vincent, seria o chanceler ideal da Alemanha reunificada, de que Ernst Bloch seria o presidente perfeito. Jürgen bateu palmas, com expressiva e ruidosa convicção. Segui-lhe o exemplo, menos convicto e mais sóbrio. Klaus, aliás Peter, que bebera mais do que todos nós juntos, teve um gesto de impaciência. Recebera informações fidedignas, recentíssimas, vindas do interior da chancelaria, de alguém muito próximo do chanceler, precisamente o seu mais íntimo colaborador. Para esse personagem encoberto, homem de confiança de Berlim Leste (aqui, Klaus apontou na direção de Berlim) e também do chanceler de Bona, a eventualidade do rompimento de Brandt com os americanos e com a NATO era pura ficção. Impensável, completamente impensável, afiançava o informador, e Klaus, aliás Peter, com ele. E Bloch!? E Bloch!? De boca cheia de *Bratwurst*, excitadíssimos, trocando as palavras, Vincent e

Jürgen perguntavam-se que fazer do patriarca que, no dia seguinte, nos iria receber.

— Adiamos? – quis saber Jürgen.

— Vai pedir-nos contas da aventura em que o pretendemos envolver – sentenciou Vincent. – É um homem de idade. Ponderado. Não voltará para Berlim Leste sem cauções de mudança política.

— É melhor adiar – insistiu Jürgen, com evidente ou suposta apreensão. – Vai querer saber quais as garantias do contrato que celebrou connosco.

— Um contrato em que é ele a parte principal – observei por entre os dentes. A omnipresença do porco e o abuso do álcool tinham feito dos meus companheiros um coletivo de três cabeças e seis mãos que começava a nausear-me. Por razões de privacidade, a salinha que *Herr* Böbel reservava para os notáveis não tinha janelas. O fumo pairava sobre a mesa. "Como um cogumelo atómico", pensei.

Klaus, arrebatado, maldizia quem acreditava nas intenções de Brandt:

— Quem ainda acredita nos fascistas da Alemanha Federal!? Quem!? Brandt é como os outros. Sociais-democratas!? São sociais-fascistas, isso sim. Assim os classificava o camarada Estaline! – Levantara-se, percorria a saleta dos notáveis em passos largos, derrubando as cadeiras livres, tropeçando na mesa. – E não se preocupem com o que Bloch pode ou não pode pensar. Se o *emeritus* professor Bloch não quiser ir a bem até Berlim, irá a mal. Irá a mal, ouviram?

Todos nos calámos. O Peter de Colónia nada tinha a ver com o Klaus de Berlim Leste. Percebi que me encontrava perante alguém capaz de tudo. Temi por Bloch. Temi por mim próprio. Tinha à minha frente um ator do Berliner Ensemble em função, apto a desempenhar papéis com roteiros rigorosamente opostos, no palco e na vida dita real. Efeito da distanciação brechtiana, disse com os meus botões, tentando enxergar qual dos roteiros correspondia ao que me tinha sido revelado da Operação Gerstäcker.

Perto das dez da noite, Herr Böbel interrompeu a animação alcoólica para recordar que os camaradas nos aguardavam no local combinado. "Os camaradas!", resmungou Klaus depreciativamente. Metemo-nos no carro. O encontro era numa residência de estudantes na Burgmauer, para onde Jürgen nos conduziu através da cidade adormecida. Efeito do álcool ou da dedicação militante, acelerou de tal modo a carrinha que, ao estacionar, esbarrou numa parede.

— E logo na muralha romana, a preciosidade destes fascistas! – bradou Klaus. Conteve a irritação e acrescentou em voz baixa, sibilino: – Cuidado com a polícia. Atenção à placa. – Saiu da carrinha e foi endireitá-la com tais desvelos que a suspeitei forjada.

Depois do banquete de Gargântua e Pantagruel, a Abadia de Thélème. "*Fais ce que tu voudras!*", seria o lema do local, se tivesse algum. Os hóspedes separavam-se em gostos e interesses, mas nessa noite todos se empenhavam na preparação do encontro pela paz que, na manhã seguinte, reunia delegações vindas de toda a Europa e de toda a Alemanha, mais precisamente das duas Alemanhas, pois que do Leste era esperada a presença do conselho central da Freie Deutsche Jugend. Nos cartazes, os ataques ao imperialismo alternavam com a defesa da liberdade de pensamento, do amor livre, do vegetarianismo e do naturismo. O amor era livre na residência, onde viviam rapazes e raparigas, em quartos tão mistos quanto os hóspedes desejassem. A desorganização festiva correspondia ao anarquismo espontâneo da maioria dos residentes. Vincent, Jürgen e Klaus aproximaram-se dos que, minoritários mas organizados, desenhavam os cartazes da paz comunista: contra o rearmamento alemão, contra a NATO, contra o imperialismo americano e contra a agressão americana no Vietname, no Congo, na América Latina e até na Lua.

Abandonado pelos meus companheiros, empenhados em impor as palavras de ordem e os critérios de segurança da manifestação, fui percorrendo os espaços da residência: os quartos, de portas abertas, a cozinha comunitária, as salas de convívio, os ateliês onde artistas de uma suposta vanguarda refaziam o mundo. Aí estava uma Alemanha que eu desconhecia, bem longe da que encontrara na Münster da minha adolescência, recém-saída da guerra, austera, moralista, convencional. A Alemanha de Leste parecia-se mais com a desses tempos já antigos do que com aquela a que José Moraes, espião amador, viera parar. Nestas deambulações pelo espaço e pelo tempo, encontrei uma companhia feminina, tão isolada quanto eu. Convidou-me para um copo no quarto que partilhava com uma amiga, ausente nessa noite. Era uma polaca, atraente depois de duas vodcas à luz das velas, que fazia parte de um grupo de refugiados do Leste, recebidos e apoiados pelas autoridades de Bona, que lhes concediam bolsas de estudo. Católica e anticomunista, tinha sido expulsa das universidades polacas por atentar contra os valores do Estado operário. Nesses dias de celebração da paz, os trânsfugas das delícias do comunismo recolhiam prudentemente aos seus casulos. As palavras de ordem impostas pelos meus companheiros percorriam a residência. O mundo era simples: os imperialistas eram os inimigos da paz; a União Soviética propunha o desarmamento universal, começando pela proibição imediata do rearmamento da república fascista de Bona. "Imediata! Já! Imediata!", as gargalhadas da polaca exprimiam rancores de nascença. A Internacional substituía Baez e Dylan. Era a luta final. A náusea que me investira ao jantar regressou, aguda e insidiosa. Apavorava-me a hipótese de regressar nessa noite ao quarto que partilhava com Klaus no hotel das salsichas. Fiquei-me pela cama da polaca anticomunista.

De manhã saí cedo, comprei um mapa da cidade e cheguei pelos meus próprios meios ao comício na Albertus-Magnus-Platz. Às onze horas, os manifestantes ainda eram poucos e dispersos, os pacifistas mais exaltados gritavam o nome de Bloch. O filósofo apoiara publicamente os movimentos de 68 e era próximo de Rudi Dutschke, o principal da oposição extra-parlamentar, um anticapitalista que mantinha contactos com organizações anticomunistas dos países do Leste. Para quem o lia e sobretudo para quem nunca o lera, Ernst Bloch convertera-se num dos profetas da modernidade que percorria a Europa.

Marxista que trocara a República Democrática pela República Federal, tornara-se a personificação de uma Alemanha idealizada, um *tertio genus* entre o Oeste e o Leste. Ao meio-dia, o filósofo subiu ao estrado dos oradores ladeado por Vincent e Jürgen. Em fundo, as bandeiras de organizadores e patrocinadores, com destaque para a da Freie Deutsche Jugend. Entre os manifestantes predominavam os cartazes antinucleares e antimilitaristas: *Atomkraft? Nein, Danke!*, e *Make love, not war.*

— É então isto a liberdade!? – A voz de Klaus chegava-me através de um túnel do tempo. Perdera a altivez do comediante, o paradoxo do ator, a arrogância do comunista da RDA, provavelmente informador da Stasi. Foi essa a primeira vez que vi nele um possível colaborador da polícia política da Alemanha dita Democrática. Essa hipótese pareceu-me admissível, por isso a afastei. Pelo andar da conversa percebi que também ele dormira algures, e não no hotel das salsichas. Rugas do rosto, roupa amarrotada, cabelos em desalinho, passara certamente a noite em branco, nessa vã tarefa de governar o comício pela paz de acordo com as instruções de Berlim Leste, ou, mais precisamente, de Moscovo.

— É então isto a liberdade!? – insistia, incomodado com a exuberância de movimentos e palavras de ordem.

— Aqui tens uma amostra da futura Alemanha, unificada, neutral, democrática, etc. – disse eu. – Habitua-te.

Klaus protestou com tenacidade:

— Não, não será assim. A História não volta atrás. A direção do Estado pelo proletariado é uma conquista da História que terá de manter-se. Estes alternativos são lixo do capitalismo. – Dizendo isto, citou Marx, Engels e Lenine para me convencer do bem fundado das leis do materialismo histórico e, por isso mesmo, da impossibilidade teórica e prática de um regresso ao passado. O que ali estava, em frente da Universidade de Colónia, eram excrescências do passado. Duvidei da convicção com que repetia a cartilha. Era um homem fatigado, provavelmente desiludido, possivelmente consciente do caráter fantástico da Operação Gerstäcker. Enquanto milhares de jovens e alguns, poucos, menos jovens iam ocupando a praça, entoando as canções que Klaus se esforçara por censurar na noite anterior, eu continuava a vê-lo através de um túnel do tempo. Ambos nos encontrávamos em eras opostas, distantes, sem instrumentos de medição comuns. Quem era Klaus, aliás, Peter? Quem era eu, aliás, José? Que fazia naquela praça batida por uma brisa agreste, num comício de causas errantes que nada me diziam, homenagem a um pensador cuja leitura não me entusiasmava? Haveria ainda causas com que me identificava? Por que vias e razões me encontrava implicado naquela campanha? Afastei as perguntas para não ter de procurar as respostas. Altivo e soturno, o meu interlocutor continuava a defender o Estado do proletariado, de que a Alemanha unificada seria a continuação e nunca a negação. Se isso fosse posto em dúvida pela intervenção de Bloch, a Freie Deutsche Jugend abandonaria o palco. Perante aquela exibição de historicismo antiquário, não resisti a recorrer a Nietzsche:

— É possível agir sobre o tempo, contra o tempo, a favor de um tempo futuro. Não será isso que está a acontecer aqui, sob os nossos olhos?

Por deferência da universidade, Ernst Bloch subira entretanto à varanda do edifício da reitoria. Visto de longe, parecia alto e quase jovem. Os óculos, de lentes grossas, deixavam aperceber um olhar de inusitada doçura. Desde as primeiras horas do dia que caíam bátegas de água intermitentes. Quando ele se aproximou do microfone, um sol tímido venceu as nuvens, o horizonte abriu, a chuva cessou. Com voz pausada, de baixo profundo, o orador impôs-se à assembleia com um discurso de empatia, pacifista e antimilitarista.

— Todos sabemos, meus amigos – disse –, que nos encontramos ameaçados pelo colapso civilizacional. As estruturas materiais e as instituições podem ser arrasadas num ápice pela simples pressão de uma tecla em Washington ou em Moscovo.

A paralisia dos meios de comunicação, a raridade dos alimentos e da água potável, o corte da energia elétrica, a devastação da Natureza que é a mãe do homem, tudo pode ser, de um momento para o outro, a marca do nosso quotidiano. Em certas regiões do planeta já o é. As guerras e as epidemias aniquilam metade da população mundial e ameaçam a outra metade. Os deuses têm sede, os homens têm fome. A proximidade da catástrofe cria imagens de morte e destruição, mas também desejos de uma vingança que julgamos ser o nome próprio da justiça. Ora, Antígona, a justa, a íntegra, não é vingativa. Onde estamos? Qual é hoje a pátria dos homens? Cada época tem necessidade de dar forma a desejos de uma existência mais nobre. E a nossa? Continuamos a viver num mundo de ogres. Em ignotas paragens nascem deuses da compaixão. É dever dos humanos salvar esses deuses da crueldade dos ogres. Não nos resignemos à derrocada. Em sincronia com o fim do mundo, vivemos a época da renovação. Libertemo-nos do sentido da história. Pensemos a política como pensamos a música ou a matemática: fora da ideia do tempo e de qualquer conceito fatal e unívoco de progresso. Frente aos desastres da guerra, a realidade da esperança e da utopia garante a certeza da salvação moral da humanidade. A recusa quotidiana da hecatombe universal e do seu feitiço exige o desarmamento do Oeste e do Leste, a destruição total dos arsenais atómicos, o fim da ameaça que pesa sobre a vida dos cidadãos do planeta Terra.

A chuva regressava, miúda, arrastada pelo vento. Finalizando a intervenção, Bloch leu, em tradução inglesa, um poema de Heinrich Heine, escrito no exílio em Londres, na companhia, disse, de "um dos grandes filósofos alemães, exilado como ele". Referia-se a Marx, que não nomeou.

— Talvez – disse – os cidadãos do mundo aqui reunidos, me possam ajudar a compreender por que razão este poema romântico se me impõe nestes anos de chumbo e rosas. Escutem bem a voz de Heine que, como as nossas, atravessa o espaço e o tempo:

Não poderei dizer por que razão este conto do passado
regressa sem cessar à minha memória e me entristece.

É a hora do crepúsculo vespertino,
o Reno corre em paz e a brisa é fresca,
o cume da montanha dardeja no sol poente.

Lá no alto, magnífica, aparece uma virgem miraculosa,
as suas graças cintilam no firmamento à vista de todos.

Penteia seus cabelos de oiro com um pente de oiro,
cantando, ininterruptamente,
a sibilina e encantatória melodia.

Um barqueiro que governa um modesto bote
não para de a observar e de beber as suas palavras.

Nem vê que os recifes se aproximam,
só tem olhos para as alturas, lá de onde vem o mal.

Creio, para terminar, que as vagas
vão engolir a barca e o barqueiro.

Paz à sua alma, assim são as coisas.
O canto da Lorelei ceifou mais uma vida!

Que mensagem ocultaria o poema de Heine? A quem se dirigia Bloch? Quem seria a Lorelei disposta a ceifar vidas? O comício terminava com *Lieder* de Schubert e Schumann interpretadas por um conjunto instrumental. Um tanto sem rumo, procurei Klaus. Desaparecera. Os representantes da Freie Deutsche Jugend tinham abandonado o palco, Vincent e Jürgen com eles. Comi uma sanduíche vegetariana no bar da reitoria. Sempre sem notícias dos meus companheiros, decidi regressar ao hotel para tomar banho e mudar de roupa. Procurava no mapa a paragem do elétrico para Königsforst quando me ocorreu que devia aproveitar a ocasião para enviar pelo correio uma carta a Giménez com o relato dos acontecimentos mais recentes. Afastei-me da universidade, desci a Zülpicher Straße e comprei numa tabacaria meia dúzia de postais ilustrados, um envelope, papel de carta e selos. Certificando-me de que não era seguido, dei uma volta ao quarteirão e, na privacidade da casa de banho de uma cervejaria, redigi a carta para Giménez, em estilo telegráfico e insistindo no rapto de Bloch como resultado final mais provável da Operação Gerstäcker. Um tal J. R. com residência em Lisboa, em casa da minha mãe, remetia a missiva, que deitei no marco do correio mais próximo. Entrei no elétrico com os postais ilustrados nas mãos e assim cheguei ao hotel.

Herr Böbel, a gentileza em pessoa, que dormitava na receção, mandou-me esperar por ordens no quarto. Que não saísse. Não havia indícios de Klaus, o que me agradou de tal modo que, depois do banho, adormeci tranquilamente. Às oito da noite, *Herr* Böbel transmitiu-me as ordens. Ponto de encontro às nove e meia no cais do Rheingarten, perto da catedral. Jantar a bordo, que levasse agasalho, acrescentou. Vesti uma gola alta e o meu fiel casaco de couro e lã de carneiro. Entreguei a *Herr* Böbel os cinco postais endereçados à minha mãe, pedindo que os enviasse ao longo dos dois meses seguintes. Estagiava na universidade local, escrevera; felicíssimo, tinha provavelmente encontrado a minha futura mulher. Com a delicadeza que lhe era própria, o hoteleiro aceitou a incumbência. Fazia parte da missão, resmungou. Chamei um táxi. O motorista, um italiano bem falante, estranhou o destino, os passeios de barco no Reno terminavam às seis da tarde, os noturnos acabavam em setembro. Aconselhou-me um restaurante italiano próximo, o Cosa Nostra. Aceitei a sugestão, entrei no restaurante e saí logo que o táxi se afastou. No cais fronteiro, um único barco iluminado seria certamente o meu destino. *Germania*, da tonelagem de um cacilheiro, era irmão maior do barco homónimo em que eu percorrera o Spree pouco depois da chegada a Berlim Leste.

Era com Bloch o encontro, no decorrer de um cruzeiro noturno, com jantar a bordo. O filósofo solicitara uma hora tardia, para descansar depois do comício. Vincent e Jürgen, que me aguardavam, tinham alugado um dos barcos mais pequenos de uma empresa de excursões no Reno. A equipagem era da confiança de ambos, e a embarcação tinha sido inspecionada, vistoriada, nos dois dias anteriores, para que tivéssemos a certeza de que o transporte era seguro e imune a qualquer interferência do inimigo. Com aquela dose de ingenuidade que sempre me trouxe tantas alegrias como dissabores, eu quis saber quem era o inimigo em causa. Vincent, um jovem musculado de corpo e de espírito, respondeu que nos defendíamos evidentemente da CIA e do BND, os serviços secretos de Bona. Jürgen corroborou: eram esses, evidentemente, os nossos inimigos. O abuso da primeira pessoa do plural intrigou-me. *Tivéssemos, defendíamos, nossos*. Referiam-se aos implicados na Operação Gerstäcker que eu conhecia ou a mais alguém? A logística evidenciava um rigor organizativo que só seria possível com participação local. Para além da tal equipagem de confiança, havia gente de confiança na cozinha, preparando o jantar, a ser servido por gente de confiança. Ao longo das pontes e corredores, gente de confiança garantia a segurança. Percorrendo o barco, encontrei caras conhecidas da noite anterior, do comício e sobretudo da delegação da Freie Deutsche Jugend.

— É como se estivéssemos em casa – disse-me Klaus, que saía do compartimento do capitão ou de um esconderijo no convés. De cara lavada, barba feita, penteadíssimo com brilhantina, fato escuro bem passado e gravata vermelha com as armas da RDA, era um senhor da guerra e da paz, ou antes, um senhor da guerra. – Por esta é que os fascistas não esperavam. Não podem escutar-nos. Só aqui entra quem nós quisermos. E, sobretudo, só daqui sai quem nós deixarmos. – A primeira pessoa do plural continuava a prevalecer. Desta vez incluía-me explicitamente, pois que Klaus, satisfeito com a obra-prima, me bateu nas costas, em gesto de cordial cumplicidade.

Ernst Bloch subia entretanto a escada de portaló. Idoso, de pequena estatura, de novo me pareceu alto e quase jovem. A doçura da manhã desaparecera, era agora um homem grave, de passos decididos. Acompanhavam-no Karola, a mulher, uma beleza de meia-idade e elegância inteira, e dois jovens, masculino e feminino, idênticos como cópias. Dois irmãos, pensei, dois gémeos, Hänsel e Gretel, assim os batizei para uso pessoal. Vestiam ambos de azul-marinho, seguravam pastas de couro do mesmo formato e marcavam os movimentos dos Bloch com simetrias em que identifiquei técnicas militares. Percebi que Klaus magicava algo de idêntico. Ficou roxo, vermelho, verde. Rangeu os dentes, vi-o lançar-se sobre os suspeitos, revistá-los, algemá-los. Mas não, não! Respirou fundo, suspirou, conteve-se. Bloch apresentou a comitiva, referindo-se aos jovens controversos como seus assistentes. Klaus, num lance teatral, beijou a mão de *Frau* Bloch. O balanço da embarcação desequilibrou-os, o lance passou de teatral a circense. Jürgen salvou a situação beijando Karola na face, confirmando a intimidade com os Bloch de que regularmente se vangloriava. Confesso que o beijo me pareceu surpreender Karola. Mas encontrávamo-nos todos muito pouco à vontade, imobilizados como figuras de um museu de cera. Era singular a presença de um barco sob domínio comunista num cais de Colónia. A friagem apertava, e Klaus, o anfitrião, evidentemente humilhado pelo beija-mão falhado, fixava Hänsel e Gretel de lábios cerrados, com uma sanha impotente. Voltei a admitir que a mais profunda vocação de Klaus Lerner era a de um servidor da Stasi. Uma vez mais afastei a ideia com todas as forças do meu espírito.

O encontro foi um desencontro. O jantar, um *buffet*, incluía toda a espécie de carnes, com predominância do porco e correlativos, e relevo especial para o *Eisbein* e as *Bratwurst* de *Herr* Böbel. Em menor quantidade, peixe fumado e verduras, sobretudo em conserva, e alguns, poucos, legumes frescos. A salada de batata reinava entre os frios. As sobremesas eram verdadeiros festivais de açúcar e *kirsch*. Os anfitriões, capitaneados por Klaus, devoraram as carnes, encheram-se de cerveja e *Schnaps*, ignorando alegremente a presença dos convidados. Apenas Jürgen mantinha a contenção própria de um amigo de *Frau* Bloch. Amigo ilusório ou amigo íntimo, estatuto que não logrei definir entre as confidências de boca a ouvido, algumas forçadas por ele, outras suscitadas por ela. Sentados junto de uma escotilha, com o recorte da margem em fundo, surpreendeu-me a identidade esmeralda dos olhos de ambos. No crepúsculo da tarde, formavam um quadro hiper-realista. Que os unia? Uma ilusão ótica ou um propósito velado? As conversações bilaterais em que estavam empenhados seriam, por certo, de tal urgência que não tocaram na comida. Alheados da restante companhia, beberam cerveja, fumaram, segredaram. Ernst Bloch ficou-se pelos legumes e pela *Kartoffelsalat*, sem álcoois nem açúcares. Enquanto os outros dizimavam o *Apfelstrudel* e a *Schwarzwälder Kirschtorte*, sentou-se num cadeirão, acendeu o cachimbo e, de olho no rio, foi fumando num silêncio ausente, meditativo e grave. Aí ficou durante uma boa meia hora, acolitado por Hänsel e Gretel, firmes como sentinelas.

— *Herr* Herder – disse por fim, regressado da ausência –, teremos de ir até aos limites da nossa, ou antes, das nossas moralidades. Designemo-las assim, à falta de melhor.

Peter Herder, aliás Klaus Lerner, empertigou-se, engoliu a torta e o *Schnaps* e tartamudeou uma réplica:

— Mais do que moralidade, trata-se da dialética das nossas respetivas posições.

— Falemos então das nossas respetivas posições. Que pretende de mim, exatamente, o seu governo?

Klaus quis ser cortante, foi apenas sombrio:

— O nosso governo, *Herr* Professor Bloch! O nosso governo, se me permite. Meu e seu!

— Meu caro *Herr* Herder – disse Bloch pausadamente –, só temos em comum a pátria alemã. Pelo menos, por agora. Que quer de mim o seu governo?

— O governo da República Democrática deseja o regresso do camarada Bloch. O Partido está na disposição de... lhe oferecer a presidência do Estado com... com honras, dignidades, enfim, julgo que me compreende.

Tínhamos seguido o Reno, de jusante para montante, atravessado Bona já mergulhada na quietação noturna. Entre Königswinter e Bad Godesberg, o *Germania* virou de bordo e seguia para norte quando uma sucessão de vagas alevantou a proa. A uma refrega brusca seguiu-se a mudança da direção do vento. O barco virava em roda. O balanço calou Klaus.

Bloch manteve-se impassível. Apontou com o cachimbo na direção do leste:

— Eu não sou o barqueiro do Reno que se deixa seduzir pelo canto da Lorelei. Já deixei claro que apenas aceito candidatar-me à presidência numa eleição democrática... – Fez um sinal na direção de Jürgen, que abanou a cabeça, concordando.

— A nossa república é democrática. – Klaus esforçava-se por recuperar o equilíbrio. – As eleições são *ipso facto*...

— Sejamos claros, ambos, ou antes, todos os que aqui estamos. Uma eleição democrática multipartidária. Sem partidos-guia, detentores da verdade e com liberdade de contraditar todas as verdades, até as imposturas. Se for eleito negociarei a reunificação com Willy Brandt. E há outro ponto em que serei inflexível durante a campanha, e, se for eleito, na chefia do Estado. O do desarmamento total. Total, digo bem, dos dois blocos. – Recebeu a pasta de Hänsel, folheou documentos e fotografias. Gretel segredou-lhe informações suplementares, que ele escutou com atenção. Tomou notas.

O *Germania* parou. O Reno parou. A noite ficou suspensa sobre todos nós, passageiros e equipagem.

Klaus, de novo vermelho, verde, roxo, disparou:

— O desarmamento é uma questão para a União Soviética negociar com os Estados Unidos. Não nos compete...

Bloch interrompeu-o:

— Compete. Ora oiçam, todos os que participam nesta agradável excursão renana. Tenho conhecimento seguro da instalação em curso pela União Soviética, no território da RDA, de mísseis balísticos de alcance médio (poupo-vos de momento a identificação técnica, de que possuo pormenores), destinados a uma rápida ocupação da Europa Ocidental. O objetivo soviético consiste na chegada a Lisboa depois de dois dias de uma *Blitzkrieg* não declarada. Para a operação, *Lusitania* em nome de código, foram construídos cerca de 20 000 potenciais abrigos nucleares em toda a Europa de Leste, destinados a acolher preventivamente mais de 10 milhões de quadros dos partidos comunistas locais. Na RDA, o exército soviético finalizou recentemente os 3000 abrigos reservados para a nomenclatura do regime. Os chefes do comunismo internacional vão entrar nos abrigos no momento em que a Operação *Lusitania* for desencadeada.

Chegou o momento de ser eu a ficar vermelho, mas de espanto e regozijo. Nas palavras de Ernst Bloch, reconheci a transcrição exata do memorando que eu tinha enviado a Giménez depois da visita a Wünsdorf. Entre suspeitas e fantasias, divulgara uma operação imaginada, a Operação *Lusitania*, com precisões de abrigos construídos e a construir, refúgios da oligarquia comunista, etc. As minhas informações e premonições tinham saído de Berlim Leste e dado a volta à Europa, muito provavelmente atravessando o Atlântico a meio do percurso, e aí estavam agora, nas pastas secretas de Hänsel e Gretel e nas mãos de Bloch. A Operação *Lusitania*, a *Blitzkrieg* de dois dias, a chegada dos russos a Lisboa, tudo se fizera realidade. Giménez acreditava, pagava-me, enviava as informações secretíssimas a quem devia, e quem devia transmitia as informações a quem delas necessitava.

— Governantes do futuro – continuava Bloch, e eu através dele –, sobreviventes de uma guerra atómica que destruirá a Europa e dizimará os europeus, sairão dos subterrâneos quando o imperialismo americano estiver aniquilado. Aos sobreviventes, a fina flor do comunismo do Leste, está reservada uma tarefa nobilíssima: assegurar o domínio do imperialismo russo sobre um mundo em ruínas. A esse futuro digo não. Não.

Bloch deteve-se, aguardando o resultado das revelações sobre os presentes. O *Germania* voltou a navegar, o Reno a correr, a noite regressou ao seu rumo astral. Não: tinha sido pronunciada a palavra decisória. Restaurara-se a secreta geometria das coisas. Klaus, espantado, de boca aberta no sentido próprio e no figurado, balbuciou:

— Nada disso tem sentido... Nada. Tanto quanto...

— Tanto quanto sabe, admito, *Herr* Herder. Mas é precisamente este capítulo da corrida aos armamentos nucleares que compete parcialmente ao seu governo. Se for eleito, exigirei a retirada dos mísseis russos do território da Alemanha Oriental e o fim da participação da República na Operação *Lusitania*. Quanto aos abrigos atómicos reservados para a nomenclatura...

— Mas tudo isto é uma fábula! – Klaus percorria o salão em passos largos, repetindo o mote: – Uma fábula! Uma fábula!

Bloch puxou o fumo do cachimbo, entregou os documentos a Hänsel e Gretel e continuou sem vacilar:

— Se for eleito, negociarei com Willy Brandt a reunificação e a neutralidade da nova Alemanha no conflito russo-americano. Sem mísseis em todo o território alemão.

De punhos cerrados, Klaus, ferido na dignidade comunista, esforçava-se por manter o decoro. Conteve impropérios e rosnou por entre os dentes:

— Absurdo! Absurdo!

— Absurdo? Engana-se, *Herr* Herder. Trata-se de uma utopia realizável, materialmente possível. Um projeto de vida que, perto do fim, posso finalmente levar a cabo. Em benefício da Alemanha. E do mundo.

Klaus levou as mãos à cabeça, qual Felipe II ouvindo, furioso, as reivindicações de Don Carlo. A música de Verdi chegou-me aos ouvidos, vinda da montanha onde reinava a Lorelei. *O don fatale! O don crudele!*

— Brandt é um burguês – protestou Klaus. – Chefia um governo fascista. Não vai entender a verdade do marxismo-leninismo, que é científica, isto é, demonstrável, verificável. Ora, é na verdade do marxismo-leninismo que se baseia a nossa relação fraternal com a União Soviética. O senhor sabe-o bem, que já foi membro do partido nos anos heroicos. E *Frau* Bloch também. Enfim, *Professor Doktor* Bloch…

Frau Bloch saíra do salão, e Jürgen com ela, pelo que não pôde responder à interpelação de Klaus. Vista das escotilhas do *Germania*, a corrente do Reno parecia agora invertida. Movido pelo canto da Lorelei, o rio corria de norte para sul. O mar do Norte ficava a sul, a Suíça a norte. As águas do lago Constança subiam, inundavam a Baviera, a Áustria, a Suíça, a Itália. Eu tinha comido pouco e bebido muito. Via de novo as catástrofes do planeta que, de todos os pontos cardeais, se anunciavam, ameaçando pôr um termo natural à instrutiva discussão a bordo do *Germania*.

— No ensaio sobre a arte de contar histórias – replicou Bloch –, o meu querido Walter Benjamin escreve que, quanto mais Leskov desce na escala das criaturas, mais abertamente a sua conceção do mundo se aproxima da mística. Parece-me que este reparo se aplica à sua ideia do marxismo-leninismo. Não concorda, *Herr* Herder? Uma mística. A propósito, nos meus tempos, na sua república democrática, dizia-se marxismo-leninismo-estalinismo. Misticismo, puro misticismo, não sei se me entende. Uma perversão religiosa, tal como o fascismo e o nacional-socialismo foram nos anos trinta! É a essa religiosidade perversa que eu oponho a esperança e a utopia realizáveis através da primazia da razão. Retomando os princípios do Iluminismo. E, se me permite a clareza, também os do marxismo anterior às deformações do estalinismo.

"E do leninismo", disse eu em voz baixa. Ninguém me ouviu. Aproximávamo-nos do cais do Rheingarten. Colónia estava às escuras, eu estava entediado. Entre visões de apocalipse e ditos e contraditos de Bloch e Klaus, apercebi-me de que Jürgen e Karola tinham redigido um memorando de entendimento, que Ernst Bloch e Peter Herder subscreveram sem ler. Por cima do ombro de Jürgen li que a República, representada por *Herr* Herder, e o *Professor Doktor Herr* Ernst Bloch acordavam em examinar os pontos de vista respetivos, no sentido de estabelecer uma posição comum favorável ao aprofundamento do socialismo democrático na pátria alemã. Não se mencionava o regresso de Bloch à RDA. Por razões de segurança, a solução final seria encontrada no prazo máximo de noventa dias. Confesso que achei imprópria a referência a uma solução final. "*Lapsus linguae*", disse com os meus botões.

VI

É preciso expor o ser humano ao ar fresco e vigoroso, dissera Bloch quando abandonávamos o *Germania*. Referia-se ao vento que percorria o vale do Reno ou à teoria política de que era arauto, um fôlego especulativo capaz de sacudir os fundamentos da divisão da Alemanha e da Europa? Nos dias seguintes, depois de ter posto Ortega a par dos últimos acontecimentos, dediquei-me à leitura de toda a obra do filósofo. Fi-lo por encomenda de Klaus, que me pediu resumos em fichas alfabéticas, destinadas, compreendi ou supus, às tais altas entidades que permaneciam sem identificação. Procurei ser fiel onde deveria provavelmente ter sido criativo. Depois do encontro flutuante no Reno, a personalidade e a erudição de Bloch interessavam-me enquanto manifestações de uma liberdade de pensamento pouco comum entre os marxistas. Lendo e resumindo, depressa compreendi que o autor se esforçava por situar os limites da liberdade intelectual no interior do pensamento de Marx. A crítica do "socialismo real", iniciada na cátedra de Leipzig, nos primórdios da RDA, não atingia a radicalidade prometida por uma inteligência sagaz, insidiosa aos olhos e ouvidos de Berlim Leste e cuja medida eu tinha comprovado no comício de Colónia e na elegância distante com que, no

Germania, enfrentara Klaus. De uma erudição exaustiva, por vezes redundante, o Bloch autor ficava aquém do Bloch orador. Li-o numa tensão permanente entre a expectativa e o objeto. Dispunha do acesso sem restrições à biblioteca de Galileu (que não voltei a encontrar) e de um escritório no Berliner Ensemble, equipado com uma máquina de escrever e uma fotocopiadora, objeto raro na RDA, onde a Stasi detinha o poder absoluto de o autorizar, vigiar e confiscar. A *Hermes Baby*, modelo dos anos 50, teria pertencido a Brecht, disse-me Klaus, que me proibiu de a utilizar em algo mais do que nas resenhas solicitadas. "Nem para escrever aos pais", insistiu. "Nem, nem!", consenti. Durante duas semanas de outubro, depois do horário na Radio, inspirado pelos manes da República, dissequei milhares de páginas enciclopédicas, miscelânea de história, ciência política, teoria das religiões, crítica literária, apontamentos sobre música e artes plásticas. Numa prosa repleta de apólogos e ficções, que me deslumbrou e desiludiu ao longo de noites brancas, Bloch narrava o trânsito sinuoso da espécie humana da necessidade para a liberdade. Do mesmo modo que o compositor procura a nota azul, escrevi numa das minhas resenhas, o filósofo propunha-se encontrar a palavra capaz de enunciar o princípio e o fim da história humana, procurando-a na narrativa política, na pintura, na ópera e na literatura. A palavra, pronunciada no *Princípio Esperança*, seria a utopia, qualificada de concreta, vínculo entre as condições materiais e a intervenção humana. No pensamento de Bloch, a utopia concreta é entendida como um devir, um caminho, o reconhecimento de um processo. Prática política, revolução e arte formam um *continuum*: o amanhã vive no hoje e desde sempre o ser humano tem querido conhecer o amanhã.

Do ponto de vista da história e da política, as intuições mais originais de Bloch são enigmáticas, pois que não se inserem numa sequência de ações. Há nelas fulgurâncias religiosas e elementos messiânicos, modelos de comportamento anómalos e extravagâncias estéticas. Terminei as minhas resenhas com a transcrição de um apólogo de *Spuren* (*Traços*). Tratava-se da aventura prodigiosa de um pintor apaixonado por uma jovem camponesa que, nas vésperas da boda, se perde na floresta. Ao pretender regressar à aldeia onde a noiva o aguarda, ou aguardava, um caçador conta-lhe que a aldeia desapareceu há muito, afogada nos pântanos, e que, de cem em cem anos, volta à superfície para desventura dos pobres mortais. Um lugar maldito, sustentava o caçador, pedindo ao pintor que não voltasse a pronunciar o nome da aldeia. Finalizei com uma transcrição do "Modelo para assemelhar-se ao humano", capítulo do *Princípio Esperança*: "Não há sequer um entre nós que não possa ser também outro. Um arbusto, em princípio, contenta-se com o facto de ser arbusto. Todavia um ser humano pode tornar-se, por assim dizer, tudo, inacabado como é, escuro e indefinido como é."

Klaus, expectante enquanto recebia as minhas fichas, interessou-se pela utopia concreta. Leu e releu os meus textos, compulsou o *Princípio Esperança* e, numa tarde de domingo, quis falar comigo em casa de Norma.

— No termo da história previsto por Marx – disse –, quando a divisão de trabalho e a propriedade privada tiverem acabado, a satisfação dos desejos do homem será atingível e será perfeita. Pode caçar de manhã, pescar à tarde, ler à noite, etc. É esse também o sentido da utopia concreta? Se assim é, o marxismo é a utopia concreta. E vice-versa. É isto?

— Se assim quiseres – concedi.

— Se assim te der jeito – acrescentou Norma, que tinha lido tudo, acompanhando as minhas esforçadas noites brancas e os meus dias de cansaço e persistência.

— Dá-me jeito – concordou Klaus. – E não só a mim.

Bebíamos uma garrafa de *Chivas Regal* que ele trouxera das caves do Palácio da República, onde tinha representado *A morte de Danton*, de Büchner, em sessão privada para o politburo. A título de paga recebera o uísque e o veto à exibição da peça.

— Gosto da tua síntese – disse eu. – O marxismo enquanto utopia concreta. Vais convencer o politburo com essa fórmula. Talvez consigas que te libertem o Büchner.

— Talvez. A arma da República é o terror, a virtude a sua força. Limito-me a citar Danton. Só não sei onde incluir a censura. Se no terror, se na virtude.

Era um dia chuvoso e soturno. A neve derretia, as ruas eram veredas de lama, as falhas da eletricidade sucediam-se, escasseava o carvão e sobrava o frio. Esquecemos Bloch e conversámos, como disse Norma, de corações nas mãos. Falámos de tudo e de nada. A beleza da minha amante, de aparência serena e transparente, atingia-me como um dardo de promessa, gozo e pena. Klaus era uma coisa e podia ser outras, provavelmente muitas outras. Na semana anterior, contou, tinha estado em Berlim Ocidental em serviço (não especificou o serviço). Assistira a um concerto da Philharmoniker: Mozart, o *Don Juan* de Strauss e a 5.ª de Beethoven. Ah, a 5.ª, em que Karajan atingira os cumes, um dó menor inesquecível, as cordas, os dois oboés, verdadeiros sobressaltos dirigidos à mente e aos sentidos! Depois, no Schaubühne, os ensaios de Peter Stein para *O príncipe de Homburgo*, de Kleist, com Bruno Ganz no protagonista. Se um dia acabasse a censura na RDA encenaria e vestiria a pele desse príncipe estranho, alucinado, melancólico, que dá a vida para recuperar a unidade da alma. Também ele, Klaus, confidenciou a meio da garrafa, queria reencontrar, ou descobrir, ou refazer a sua própria unidade: do espírito, da alma, das convicções.

— São um fardo, as convicções – deixou cair Norma.

— São!? – perguntei.

— São – concordou Klaus. Uma vez mais a contradição entre a brandura da boca ou, antes, do sorriso e a severidade do olhar. – Tu verás, se aqui permaneceres, como e quanto a RDA possui a virtude do futuro e o constrangimento do presente. Se conquistares o beneplácito do poder, isto é, se aceitares o pesado fardo das convicções, terás margens de liberdades insuspeitadas. – Riu. Tentava a displicência. – Eu aceito esse fardo, e outros ainda, para que me permitam ir assistir a espetáculos e comprar livros em Berlim Ocidental. Aprende, meu caro amigo. Não esqueças esta tarde de confissões.

Senti-me submerso em vagas de dúvidas numa república de certezas. Dúvidas dos que comigo bebiam o uísque das altas esferas, e dúvidas minhas acerca deles. Quem era Klaus Lerner? Em qual dos Klaus Lerner era possível confiar – no da expedição a Colónia, ou no dessa tarde, fraterna, insólita, secreta? E Norma, a mulher com quem eu partilhava o leito, quais as convicções que, também nela, pesavam como um fardo? Convicções, que era isso nesse universo de enganos? E eu mesmo, quem era eu, que fazia naquela cidade fora do tempo e do espaço, nesse país imaginado, construído com tijolos de ideias que transformavam uma utopia num pesadelo murado? "Não há sequer um entre nós", escrevera Bloch, "que não possa ser também outro."

Dois dias depois, Klaus convocou os membros da Operação Gerstäcker para o anfiteatro do Berliner Ensemble. Estranhei o anfiteatro, mas para lá me dirigi ao fim da tarde, à hora indicada. Um Vopo pedia os documentos de quem chegava, que conferia aplicadamente com uma extensa lista de presenças. Esperando encontrar apenas a brigada de Colónia, percebi que o núcleo inicial crescera e se multiplicara. Tomei lugar entre desconhecidos. Na mesa, presidida por Klaus, sentavam-se duas caras baças com que já me tinha cruzado nos corredores da Radio Berlin International, gente que subia lestamente aos andares superiores, lá onde era definida a doutrina da emissora e onde os textos dos redatores eram vistos, revistos, censurados, cortados ou modificados, raramente libertados na íntegra. Temi que Norma se juntasse a essa lamentável companhia, mas os deuses pouparam-me a tal vexame.

Klaus abriu o evento para informar que as altas esferas do Partido e do Estado (enfatizava as maiúsculas) tinham dado aval ao regresso do camarada Ernst Bloch à República. Com voz de tenor lírico-dramático sublinhou o artigo definido: *as* altas esferas. Entendi:

o poder instituído, e não alguém, alguns, algumas, das altas esferas, como inicialmente fora dito. Se conspiração tinha havido, o Partido, entidade miriápode, liquidara a conspiração, absorvendo-a. Dentro de duas semanas, precisamente a 13 de novembro, prosseguiu Klaus, a delegação presente na sala, nomeada pelo politburo, deslocava-se a Tübingen para receber e acompanhar o camarada Bloch até à capital da RDA. Olhei em volta: éramos uma trintena, e dos de Colónia só Jürgen Erlanger e eu tínhamos sobrado. Klaus, que referiu o caráter altamente secreto da operação (recordava o óbvio, disse), marcou o encontro seguinte para o mesmo local, às três da manhã do dia 13. À saída, cada um dos participantes receberia um sobrescrito com a missão individualizada. Um dos homens baços tomou a palavra para acrescentar que a chancelaria de Bona estava ao corrente do regresso de Bloch, mas aceitava mantê-la secreta para impedir interferências da CIA e de outros serviços de espionagem, inclusivamente os da própria República Federal. O segundo homem baço aditou uma ameaça: qualquer alusão no exterior do anfiteatro às decisões tomadas seria considerada crime de traição, punido com as penalidades da lei que, como era do conhecimento dos presentes, previam a pena capital para os casos mais graves.

Por esses dias, Klaus recebeu a Ordem da Amizade dos Povos da União Soviética, atribuída, lia-se no comunicado publicado no *Neues Deutschland*, "por serviços prestados à cultura das nações, em prol do antifascismo, do anti-imperialismo e da fraternidade das raças e povos". O comunicado alongava-se em referências biográficas e biobibliográficas que eu ignorava de todo. Klaus, ator e encenador, nascera em Moscovo e vivera em Cuba, tinha sido assistente de Grotowski e de Brecht, publicara peças de teatro, livros sobre técnicas teatrais e uma reportagem sobre os movimentos de libertação africanos. Reparei que, entre 1955 e 1959, havia um vazio no relato da vida e da obra do homenageado. Um enigma, certamente consentido, talvez exagerado por este, por quem atribuía a condecoração ou pelos censores do jornal oficial da República. Ou, hipótese mais plausível, por todos os intervenientes, conhecedores de paradeiros e ocupações de Klaus Lerner durante esses quatro anos.

Com Norma e Jürgen, assisti à entrega da condecoração na embaixada soviética. Klaus recebeu o colar e o diploma das mãos do embaixador e agradeceu em russo fluente, que me pareceu coloquial. Seguiu-se um beberete, com muita vodca e poucos comestíveis, para além de cachos de bananas, dispostos em adornos barrocos, que os convidados desfizeram com intuitos devoradores. A predominância da conversação em russo (em que também Norma era eloquente) desanimava a minha mente observadora quando cheguei à fala com um ser tão perdido quanto eu. *Herr* Vogelmann, que, já só pelo nome merecia atenção, desconhecia o motivo por que tinha sido convidado para a embaixada soviética. Funcionário do governo de Bona, fazia parte da delegação da República Federal que negociava em Berlim Leste um tratado entre as duas Alemanhas. "Algo de extremamente confidencial, secreto, inexistente", disse-me entre duas vodcas. Baixo, largo, de orelhas grandes, dir-se-ia saído da última edição do *Mad*. "É esse certamente o motivo por que os camaradas russos me convidam!"

Quando declinei a minha qualidade de jornalista da Radio Berlin International, abriu-se ainda mais, recorrendo a um argumento convincente: se eu tentasse divulgar um segredo de Estado, a notícia seria certamente cortada pela censura; se o não fosse, Bona ficaria segura da perspetiva de êxito das negociações. Garanti-lhe a minha incondicional discrição em toda a RDA. Fiquei ainda a saber que Egon Bahr, o chefe da delegação ocidental, se encontrava nessa mesma tarde em Berlim Leste, em reunião, essa, sim, secretíssima, com um secretário de Estado da RDA, um tal Michael Kohl, um amigo próximo de Klaus Lerner, cuja mulher, diplomata de carreira, fazia parte da delegação da RDA nas negociações interalemãs, pelo que não podia assistir à condecoração do marido. O encontro das duas partes seria um *tête-à-tête* íntimo. Excluído da reunião, *Herr* Vogelmann, um verdadeiro homem voador, aterrara na embaixada soviética. Observei-lhe que era essa a explicação do convite: os camaradas soviéticos pretendiam conhecer os desenvolvimentos recentes das relações germano-alemãs. Gostou do *Germanisch-deutsche*, quis compensar-me com pormenores do futuro tratado, que previa o reconhecimento mútuo dos dois Estados, algo que, tinha a certeza, iria originar o repúdio tanto de americanos como de soviéticos. Apreciei esse repúdio conjunto de Washington e Moscovo e dispus-me a ouvir a algaraviada alcoólica que seguiu: um elogio do funcionalismo de Estado enquanto regime político que, mais tarde ou mais cedo, iria, a ocidente e a leste, subalternizar os políticos. Os funcionários tomariam o poder, estavam já em vias de o tomar, tanto nas ditaduras como nas democracias. Abolidas as eleições e outras questiúnculas políticas, tudo se resolveria em termos técnico-financeiros, até as lutas de classes. Quando eu lhe ia perguntar a que tipo de funcionários e de funções reservava essas honras (suspeito que à gente das Finanças), um murmúrio ondulante chegou dos corredores, o embaixador e Klaus saíram do salão e, breves minutos depois, regressavam com Erich e Margot Honecker. Foi então que um batalhão de criados fardados avançou a passo de ganso com um maná de iguarias. Enquanto os convidados se lançavam sobre os canapés, as salsichas e os queijos, *Herr* Vogelmann sussurrou-me ao ouvido uma pergunta:

— Conhece o professor Ernst Bloch?

— Não – retorqui. – A que título devia conhecê-lo?

Herr Vogelmann não se deu por achado:

— Egon Bahr, o meu patrão, suspeita que o querem obrigar a regressar à vossa Alemanha. O homenageado desta noite seria o chefe do grupo encarregado de o convidar (digamos assim) a regressar. Será verdade?

— É por isso que aqui veio, *Herr* Vogelmann? Quem o mandou e quem o convidou?

— Eu pergunto, só pergunto... – O adepto do funcionalismo como regime político ria em cascatas de gargalhadas que despertaram a atenção de um dos criados. Fiz sinal para que se aproximasse e enfiei uma travessa de canapés pela boca de *Herr* Vogelmann.

Norma salvou-me da situação embaraçosa para me meter noutra. *Frau* Honecker queria conhecer-me. Aproximei-me com o credo na boca: ter-se-ia a ministra da Educação Popular apercebido da minha prática atribulada com Vogelmann, isto é, com um agente de Bona? Não era o caso. Margot Honecker, tida como uma das criaturas mais duras do regime, era uma mulher que, manifestamente, se julgava atraente. Foi com simpatia de cargo ministerial que fez perguntas sobre a minha vida pessoal em Berlim Leste, antes de, sem qualquer simpatia, falar de Karola, a mulher de Ernst Bloch, para recordar como e quanto, nos anos 50, fora uma das figuras mais ortodoxas do marxismo-leninismo-estalinismo na recém-fundada RDA.

— Sabia? – perguntou-me. – Conhece a biografia dessa senhora? As barbaridades que disse e cometeu antes de trair o povo alemão fugindo para a Alemanha fascista?

Balbuciei uma negativa, sem saber que mais dizer, pois, tal como acontecera na conversa com Vogelmann, não pretendia quebrar as minhas obrigações de reserva quanto à Operação Gerstäcker. Sem me olhar, a ministra ordenou a Norma que me facultasse o dossiê de Karola Bloch.

— Completo, sem expurgos – precisou, afastando-se sem se despedir.

Encaminhei-me para a saída. No átrio da embaixada, *Herr* Vogelmann propunha-se fotografar o busto de Lenine, apesar da oposição musculada da guarda soviética. Tive a sorte de evitar que as duas partes me implicassem no diferendo e saí rapidamente. Norma reuniu-se comigo já na rua. Não chovia e, apesar do frio, fomos caminhando muito juntos, de braço dado, em direção à estação de Thälmannplatz. À nossa ilharga, o Muro, massa bruta de cimento e focos de luz branca, fechava o horizonte. No firmamento, alto e translúcido, as estrelas despontavam. Entre todas, era Vénus a mais visível, o que considerei um bom presságio. Seria amor o que ambos sentíamos, seria amor o que eu sentia pela bela Norma, que de início julgara um inatingível objeto do desejo? Prometi a mim próprio consultar a esse propósito os entendidos na matéria, Camões, claro, mas também Petrarca, Dante e Goethe. Terá havido transmissão de pensamento entre nós, porque, numa cumplicidade muda, esforçámo-nos, em simultâneo, por apertar as mãos enluvadas.

No sábado seguinte tive oportunidade de entender a qualidade do que Norma sentia por mim. Almoçámos em Köpenick, na companhia de gente da rádio, num restaurante onde a todo o momento poderiam instalar-se os dragões do imperador Guilherme II. Móveis, espelhos, luminárias, tudo participava de uma era pregressa que a Alemanha de Leste tornava presente. Marín, aliás Ortega, que fazia parte do grupo, aproveitou o momento em que nos cruzávamos na entrada da casa de banho para me passar uma mensagem. Refugiei-me num cubículo privado e li que Ortega deixava de ser o meu contacto. Só a ele recorreria em caso de emergência. Questões de segurança, na sequência da prisão de Lozano (que eu ignorava, e que teria sido efetuada na noite anterior), impunham a mudança de contacto. O substituto passava a ser um cabo-verdiano, de pseudónimo Otelo, que eu devia encontrar na escadaria das instalações sanitárias da Alexanderplatz, na terça-feira dia 9, pelas cinco da tarde. A mensagem indicava os códigos em português: Pergunta minha: *Que horas são na Cidade da Praia?* Resposta de Otelo: *Duas horas mais cedo do que em Berlim.* Decorei o conteúdo da mensagem e libertei-me do escrito. Uma contrariedade, pensei. Durante meses, associara os encontros conspirativos à corrida semanal no parque de Friedrichshain, e correr numa escadaria do centro não era propriamente um programa aliciante. De regresso à mesa, engoli sem apetite o *Kaltgeräucherter Fisch*, preocupado com o que poderia seguir-se à prisão de Lozano. Norma, que me observava pelo canto do olho, apercebeu-se do meu estado. As nossas mãos tocaram-se, frias e palpitantes. À sobremesa, um quarteto de cordas tocou czardas e valsas. Enquanto se formavam pares para a dança, ela pegou-me no braço e arrastou-me para um passeio pela margem do Müggelsee. O frio cortante, a neblina e a humidade não desanimavam os pescadores desportivos em busca de trutas, e as famílias à procura de recreio para as crianças.

— Aqui – disse Norma – não corremos o risco de ser escutados. As paredes têm ouvidos, mas as árvores e as águas não.

— Que me queres dizer de tão…

— Que não corras riscos. Que não te oponhas ao que as tais altas esferas já decidiram.

Fiz-me de novas:

— As altas esferas!? Quem!?

— Sabes bem de quem se trata. – Uma hesitação toldava-lhe a voz. – Viste bem quem apoia Klaus, quem o utiliza e em quem ele se apoia. E o que pretendem. Ou antes, o que já decidiram. Não quero que corras riscos. Inúteis, aliás.

Quis ser desabrido:

— Porque não? Que importa isso ou outra coisa, ou ainda outra? E a quem? A quem interessa o que me pode acontecer nesta…

— A mim, importa-me. – Norma falava agora sem me olhar, fixando a vista na outra margem do lago. Apesar do capuz do abafo, que lhe cobria parte do rosto, pareceu-me ver lágrimas nos olhos da minha amante. Ou quis vê-las. – Não te quero perder. Pelo menos, não te quero perder assim.

Amámo-nos avidamente nessa noite. Éramos dois desconhecidos que se encontravam à beira de um precipício. Tínhamos posto de parte a desconfiança mútua. Já nenhum espiava o outro. Na segunda-feira de manhã, Norma saiu de casa antes de mim, a pretexto de uma reunião com a gente dos andares superiores. Quando tomava café na cozinha, despertou-me a atenção uma resma de folhas A4, colocada, com aparente negligência, em cima da bancada. Eram centenas de cópias do projeto de acordo entre as duas Alemanhas a que Vogelmann aludira na embaixada soviética. Percebi que uma delas me era destinada. Destinei-a a Giménez.

As instalações sanitárias da Alexanderplatz tinham (provavelmente ainda têm) a particularidade da localização, perto da estação do metro mas sem comunicação entre ambas. Quem chegasse à estação com necessidades fisiológicas por satisfazer, tinha de subir à superfície e, no caso de se tratar de uma urgência, descer novamente em direção ao centro da Terra através de uma escadaria de dois lanços. Foi o que me aconteceu pelas 16h45 de 9 de novembro de 1971. Quando cheguei ao fundo da escada, surgiu-me uma encarregada da limpeza certamente contratada nos idos da República de Weimar, uma anã disforme que me olhou com o ar suspeito próprio dessa categoria profissional. Esse olhar inquietou-me, pelo que achei por bem simular uma urgência. Cinco homens ocupavam a parte masculina das instalações. Nenhum de cor, donde, com grande probabilidade, nenhum cabo-verdiano. Usei um dos urinóis, fazendo durar a atividade. Cerca das 16h58, o meu provável companheiro de missão saiu de um dos cubículos privados e iniciou o percurso para a superfície. A nossa troca de galhardetes efetuou-se a meio do escadaria. Otelo recebeu o projeto de acordo entre as duas Alemanhas e um relatório das últimas ocorrências da Operação Gerstäcker, em que assinalei o propósito de Berlim Leste de fazer regressar Bloch à RDA a bem ou a mal. Enquanto subíamos, Otelo instruiu-me de um novo código: *Gerstäcker Zwei* seria a locução que, uma vez proferida por mim no decorrer da operação, indicaria a iminência do sequestro de Bloch. Haveria, em Tübingen, quem estivesse atento às minhas mensagens e pronto a agir em consequência.

Partimos de Berlim num *Mercedes* com matrícula alemã-ocidental conduzido por Jürgen. Os outros membros da cruzada, um verdadeiro batalhão em armas, seguiam em carrinhas de diferentes marcas e matrículas que, antes da fronteira, se separaram. Compreendi que os Bloch voltariam connosco se viessem de *boa vontade* (boa vontade e não *livre vontade*, dizia Klaus com refinado cinismo); caso contrário, tinham lugares marcados numa *Volkswagen* de vidros fumados e matrícula diplomática da Checoslováquia. Chegámos a Tübingen a meio da tarde e instalámo-nos num pequeno hotel nas proximidades da Marktplaz. Dois quartos: por razões conspirativas, Klaus e Jürgen partilhavam o mais amplo, o que me permitiu ficar sozinho, a meu gosto, numa espécie de cela medieval. Na receção, Klaus pagou uma única noite: vínhamos, esclareceu no preenchimento das fichas de hospedagem, participar num seminário na universidade. A rapidez definia a missão. "*Ein Blitz*", disse Jürgen por entre os dentes, enquanto subíamos a escada para os quartos.

Às cinco da tarde, tivemos um encontro com os Bloch, que moravam na Schwanzer, uma rua bucólica à beira do Neckar. Residência modesta, o primeiro andar de uma vivenda incaracterística. Introduzidos no salão por uma mulher jovem, assistente ou empregada doméstica de saída, aguardámos durante longos minutos os donos da casa. Nas estantes, que cobriam as paredes do chão ao teto, milhares de livros e, entre livros e álbuns, fotografias, imagens, estatuetas, condecorações, objetos desencontrados, ícones, amuletos, traços de peripécias de uma vida intensa. No centro da quadra, uma esfinge com uma inscrição na base: "*Was geht am Morgen auf vier Füßen, am Mittag auf zweien und am Abend auf dreien?* (Que criatura anda com quatro pernas pela manhã, duas pernas à tarde e três pernas ao anoitecer?)" O pé-direito do apartamento era baixo, das janelas viam-se as águas tumultuosas do rio, por certo habitado por sereias e tritões. Klaus evocou a propósito a residência dos anões da Branca de Neve, o que a chegada do filósofo tornou crível. De cachimbo fumegante e óculos de lentes grossas, semelhantes a binóculos de explorador, Bloch pertencia de direito a um conto de fadas ou a uma banda desenhada. Era um herói de Disney ou de Tintin, um companheiro de Corto Maltese ou de Modesty Blaise. Karola era o par perfeito do conjunto. Parecia ora alta, ora baixa, ora nova, ora velha. Apagava-se e acendia-se ao sabor de obscuras conveniências de ambos. No tom imperial de Felipe II no *Don Carlo*, Klaus leu uma mensagem de Honecker, que, entre compromissos antifascistas e anti-imperialistas e promessas de construção da unidade alemã, afirmava aceitar as premissas do camarada Bloch para o regresso a Berlim, capital da RDA.

— Uma mensagem pessoal, se bem compreendo – disse Bloch. Era um homem de grande simplicidade. Dispunha lápis, papel e fichas numa mesa de pé de galo. Aguardei a consulta dos espíritos.

— Uma mensagem do secretário-geral do partido – respondeu Klaus. – O camarada por cuja voz se exprime a Alemanha socialista, a República Democrática, a pátria...

Continuou declamando nesse tom sem que ninguém lhe respondesse, provavelmente sem que ninguém o ouvisse. Jürgen, que examinava a biblioteca em mais uma demonstração da suposta familiaridade com o casal Bloch, repetia em voz baixa o mote dessa tarde: "*Ein Blitz! Ein Blitz!*" Karola tinha entretanto colocado no gira-discos uma gravação do *Fidélio*. Reconheci as vozes de Erna Schlüter e Julius Patzak. O disco fazia parte das preciosidades do meu pai, e eu tinha-o ouvido tantas vezes que identifiquei de imediato a Orquestra da Ópera de Viena e a direção de Furtwängler. O coro dos prisioneiros teve o condão de tornar irrelevante a prédica de Klaus. Aproximei o ouvido do gira-discos, abstraído do que se passava à minha volta.

— Camarada – reclamou Klaus –, há de momento coisas mais importantes do que a música. – Compreendi que se me dirigia. – Lembra-te de que Westminster não vale um trator. Ou é o contrário!?

O coro da ópera de Viena ocupava o salão dos Bloch:

Sprecht leise, haltet euch zurück,
wir sind belauscht mit
Ohr und Blick.

— *Sprecht leise* – disse eu, repetindo o coro. – Falem baixo. Olhos e ouvidos nos espiam!

Karola, que tricotava junto da janela, disse:

— Vou fazer chá. – Levantou-se, deixou cair as agulhas e a obra, e saiu da sala.

Ernst Bloch tinha posto de parte lápis, papel e fichas e movia peças no tabuleiro de xadrez entalhado no tampo da mesa pé de galo.

— O tema tático da extração do rei – afirmou, elevando a voz – exige um juízo exato da posição resultante.

Dirigia-se a Klaus que, num bloco de notas, se esforçava por redigir conclusões que permitissem telegrafar a boa nova para Berlim Leste.

— A História – disse este, de rosto contraído – exige que façamos do seu regresso, *Herr* Bloch, um momento de viragem na vida dos alemães. Um feito histórico. É por isso que...

Bloch pegou-lhe na palavra:

— A ideia de que a História é o nosso guia e o juiz dos nossos atos parece-me pelo menos exagerada.

— Exagerada!? – Klaus pôs-se de pé, numa atitude de defesa que era uma ameaça.

— Libertei-me – prosseguiu Bloch – do sentido da História. Penso hoje a política como penso a música ou a matemática. Fora da ideia do tempo e de qualquer conceito de progresso.

— Libertou-se do sentido da História? Afastou-se do materialismo histórico? E o que fica?

Bloch emitiu uma gargalhada filosófica:

— Sobretudo o que não fica? Desaparece a certeza e a previsibilidade de um futuro governado por leis superiores ao homem. A vontade do homem prevalece.

— *Herr* Bloch – disse Klaus, peremptório –, deixo-lhe os documentos a assinar. Amanhã teremos de dar por concluída a nossa missão. Não podemos continuar a adiar decisões sem alertar os serviços secretos ocidentais. O Bundesnachrichtendienst e o Bundesamt für Verfassungsschutz têm agentes por todo o lado. Provavelmente até à sua porta. Para não falar da gente da CIA. Como certamente sabe.

— Compreendo. Somos seguidos pelos serviços secretos ocidentais. E também pelos orientais, os da RDA e os soviéticos, a Stasi e o KGB. Não é verdade, *Herr* Herder? Até amanhã.

Saímos com os ânimos em combustão. Os de Klaus, cheios de arestas, os de Jürgen repetindo o lema *Ein Blitz*, os meus, expectantes, estruturantes, em alerta máximo. Nas margens do Neckar acoitavam-se sombras, vultos, silhuetas. Entre estas identifiquei Hänsel e Gretel.

O jantar, numa Bierhaus no Markt, decorreu lúgubre. Que nos reservaria o dia seguinte? Os meus companheiros comeram e beberam com a voracidade a que me tinham habituado em Colónia. Tratava-se de um comportamento guerreiro. A certa altura, isto é, na sétima rodada de cerveja e *Schnaps*, Klaus recordou que os oficiais de Frederico, *o Grande*, se embriagavam meticulosamente nas vésperas das batalhas. Quanto a mim, deixei-os na Bierhaus e embriaguei-me sem álcool nos braços de uma daquelas prostitutas capazes de alcançar a virtude através da abjeção. As minhas andanças pelos mundos paralelos já então me levavam a considerar que é essa uma particularidade das trabalhadoras do sexo na Alemanha.

Não dispensei uma corrida matinal, que a aproximação do perigo tornava ainda mais necessária do que habitualmente. Às sete saí do hotel e, pelas ruas desertas, sob uma chuva afinada, corri até ao Jardim Botânico. No mapa, a distância parecera-me curta, mas o labirinto de ruas e ruelas tornou-a longa, pelo que dei apenas uma volta ao jardim. Já perto da saída, cruzei-me com uma jovem de cara semitapada pelo capuz que, numa passada aparentemente acidental, chocou comigo. Ao recuperar o equilíbrio, reconheci Gretel. No meio de um pedido de desculpas em inglês, mencionou o código *Gerstäcker Zwei*. "*Of course, if it happens*", respondi. Tudo ocorrera num ápice (*ein Blitz*), sem que ninguém mais se tivesse apercebido da troca.

A partir desse encontro, conservo memórias contraditórias e imagens difusas do que se passou. Tínhamos reunião com Bloch, ao meio-dia, no gabinete do filósofo, na reitoria da Eberhard Karls Universität, na Geschwister-Scholl-Platz. Ao chuvisco da madrugada sucedera uma chuva torrencial. Vindo da Floresta Negra, um nevoeiro espesso cercava a cidade. Era um animal pré-histórico, informe e gigantesco, ou então uma nave vinda do futuro, habitada por seres belicosos. No horizonte baixo despontavam dois sóis, ou talvez duas luas. Quando estacionávamos o *Mercedes*, reparei que as carrinhas onde se acoitava o nosso séquito se iam dispondo pelas ruas laterais. A *Volkswagen* de vidros fumados parou em frente do pórtico da reitoria. Era domingo, não se via ninguém da universidade. Nem bedéis, nem professores, nem alunos. Entrámos pelas traseiras, sem qualquer impedimento. Um átrio de colunas de mármore ligava a porta da retaguada ao pórtico com colunas da entrada nobre. "É no gabinete da Esfinge", disse Jürgen, que conhecia o local. Um corredor lateral conduzia ao entressolo. Uma esfinge de mármore encimava a entrada de uma sala cuja porta se encontrava aberta, um gabinete amplo, de tetos baixos, com uma secretária imensa, sofás de couro e estantes com dossiês. Certamente também com livros, mas só retive os dossiês: muitos, grandes, pesados, os arquivos do pensamento do filósofo. Bloch mandou-nos sentar e tocou uma campainha. Pouco depois, Gretel, que vestia Chanel, entrou com uma bandeja com café, água e biscoitos. Entornou água na secretária do mestre, e foi Hänsel quem, surgindo do nada, veio limpar o molhado. Afastou uma pilha de documentos e, em frente de Bloch, abriu uma carteira de couro com o monograma *E B* em dourado. O filósofo folheou o conteúdo durante minutos que pareceram horas. Um bando de corvos grasnava no pátio interior para que abria uma janela do gabinete. O nevoeiro adensava-se, dos corvos só víamos vultos indistintos, ensaiando um bailado repetido em fractais. De súbito, também esses vultos se desvaneceram.

— Camarada Bloch – ia começar Klaus, mas logo se calou.

Ernst Bloch levantou os olhos dos documentos e disse:

— *Herr* Herder, nada do que consta da documentação que me deixou ontem corresponde ao que tínhamos previsto. Compreende certamente que o meu regresso à RDA...

Klaus interrompeu-o:

— O camarada secretário-geral exige o seu regresso imediato.

Jürgen acrescentou:

— Hoje, agora. *Ein Blitz.* O povo alemão. O futuro. O passado. O presente. A juventude.

Eu duvidava do que via e ouvia. O nevoeiro atravessara portas e janelas e começava a ocupar o gabinete.

— Santo Agostinho – disse Bloch, ou julguei ouvi-lo dizer – considera que aquilo a que chamamos o Mal é apenas a privação do Bem.

— De um bem material? – perguntou alguém, talvez eu próprio.

— Até de um bem material – respondeu alguém, talvez eu próprio.

— Basta! – Olhar fixo, lábios cerrados, Klaus levantou-se do sofá onde, meio adormecido, bebia copo de água após copo de água. – Acabemos com esta farsa.

— Acabemos – replicou Bloch, levantando-se. – Foi um prazer esta visita.

Klaus puxou de uma *Walther PPK*, de cano curto como as de Raposo e Galileu. Apontou para Bloch e ordenou:

— Vamos, camarada. Chegou a hora de responder perante o povo alemão. *Volle Fahrt voraus!*

Jürgen, na posse de uma arma idêntica, murmurou:

— Lamento, professor, lamento muito. – A voz tremia-lhe. Continha as lágrimas. Nos olhos desorbitados, as esmeraldas transparentes brilhavam como avisos de tempestade. Pobre homem (disse para comigo), dividido entre a obediência comunista e as afinidades com os Bloch!

Do exterior chegavam sons desordenados, partituras de urros e explosões. Os extraterrestres iniciavam o desembarque. Ou então eram animais pré-históricos, seres disformes que abandonavam as cavernas do tempo.

— Razão tinha o meu querido Antonio Gramsci – disse Bloch, serenamente. De pé, acendia o cachimbo e dirigia-se a um público invisível. – O passado está extinto. O futuro ainda não começou. É o tempo dos monstros. Admiti que esse tempo tivesse terminado com a derrota do nazismo, mas enganei-me. *Mea culpa*! Continuamos na era dos monstros. São outros e são os mesmos.

Hänsel e Gretel observavam-me atentamente.

Compreendi que tinha chegado o momento e gritei:

— *Gerstäcker Zwei!*

Palavras não eram ditas e já uma sirene de alarme abalava salas, corredores, escadarias, a estrutura do edifício. As portadas das janelas fecharam-se. Hänsel e Gretel rodearam o mestre. Dois polícias fardados saíram das estantes e apontaram pistolas-metralhadoras para Klaus e Jürgen. Eu sentia-me em terra de ninguém. Entre o sim e o não. Em território do talvez. A porta do gabinete, pesada e maciça, movia-se. Ia fechar-se, encarcerando os raptores de Bloch. E eu, qual seria a minha sorte? Num salto de atleta, Klaus fez sinal a Jürgen e agarrou o filósofo pelos colarinhos, empurrando Hänsel e Gretel, que caíram ao chão. Jürgen, que tremia convulsivamente, não o ajudou, e os polícias recuperaram Bloch.

— Não atirem – ordenou Bloch aos polícias. – Deixem-nos partir. – Os polícias baixaram as armas. – Deixem-nos ir embora.

A porta ia fechar-se quando Klaus me arrastou para o corredor. Jürgen seguia-nos, erradio e mudo. Saídos das carrinhas, os cruzados de Berlim Leste manietaram-me. Coube-me ocupar o lugar destinado a Ernst Bloch na carrinha de vidros foscos.

VII

Pelas minhas contas, terei permanecido duas semanas recluso numa das casas ditas seguras que a Stasi mantinha na capital, destinadas a encontros resguardados e a detenções encobertas. Interrogado, privado de sono ao longo de três dias e três noites, cortado de qualquer elo com o exterior, pude dormir depois da intervenção de Klaus Lerner. No final de novembro, transferiram-me para Hohenschönhausen, a prisão em que a Stasi sempre gozou de direitos absolutos. Aí ficaria detido durante cerca de três meses. Devo dizer que o meu estatuto, especial de início, se foi modificando entre o melhor, o pior e o péssimo. Não voltei a ser submetido a interrogatórios. Encontrava-me, supunha, em prisão preventiva, aguardando um possível julgamento, apesar da inexistência de qualquer processo judicial ou equivalente: nem instrução, nem culpa formada, nem nomeação de advogado de defesa. Não voltei a ver Klaus, e as minhas relações com a gente da Stasi limitavam-se aos guardas prisionais, que, certamente no cumprimento de ordens, começaram por me tratar com uma indiferença que, vinda de tal gente, se mostrava favorável. A cela que me atribuíram era o que podia dizer-se de luxo, um quarto com janela de grades e instalações sanitárias separadas. A cama era conveniente, a comida suportável, e encontrava-me a salvo das crueldades e humilhações que, segundo a voz do povo, faziam parte da lista de honra da polícia política da RDA. Permitiam-me meia hora de recreio por dia no pátio interior. Sozinho, corria em círculo até à exaustão. Pedi que me trouxessem os meus livros, os do meu quarto e os que deixara em casa de Norma. O pedido foi indeferido, mas deram-me acesso à biblioteca do pessoal da casa, até onde me conduziam uma vez por semana para requisitar livros. Eram os clássicos da literatura alemã o que de interessante se encontrava à minha disposição. O resto era teologia política, essa indeclinável tradição germânica, no caso de espécie marxismo-leninismo à maneira de Berlim Leste. Li ou reli Goethe, Schiller e Thomas Mann. Regressei também a Marx, à prosa certeira da *Crítica da filosofia do direito de Hegel*, do *18 de Brumário* e da *Guerra civil em França*, a audácia intelectual do marxismo antes de Lenine, Estaline e quejandos. Faltava-me a autobiografia de Trotski, em que, na minha vida anterior, tinha encontrado as denúncias mais radicais do estalinismo vulgar a que estava agora entregue. Faltava-me sobretudo a música. Revia mentalmente partituras, compunha *Lieder* de alegria e apoteose. Lia e tomava notas. Tinha direito moderado a papel, lápis e caneta. Escrevia regularmente à minha mãe cartas fantasiosas que, como sempre, lhe chegavam expedidas de Berlim Ocidental. Recebia cartas que me enviava de Lisboa, como sempre para uma residência de estudantes da Freie Universität. Não recebia visitas, nada sabia de gente com quem me dera, esforçava-me por não pensar em Norma.

No dia 10 de dezembro fui chamado ao gabinete do diretor, um homem tão baço como aqueles que tinha encontrado na Radio Berlin e na Operação Gerstäcker. Chamava-se, se bem me lembro, Grossmann, ou talvez fosse Mittig, nomes que associo à repressão na República Alemã por sarcasmo chamada Democrática. Não me mandou sentar, não me olhou, não me saudou. Sob os olhares cruzados de Lenine e Honecker, perguntou-me o meu nome, o meu pseudónimo local, a minha morada, a data e o local do nascimento – o que me levou a pensar que recomeçavam os interrogatórios.

Estendeu-me uma folha datilografada, com as armas da República no cabeçalho, que me mandou assinar. Comecei a ler e percebi que o camarada diretor tinha pressa de se ver livre de mim. O primeiro parágrafo levou-me a apressar a leitura. Assinei sem me fazer rogado. O camarada Erich Mielke, ministro da Segurança do Estado, autorizava-me a receber visitas de *Fräulein* Emma Heim durante as festas do fim do ano, entre 24 de dezembro de 1971 e 3 de janeiro de 1972. Os períodos de permanência da visitante, nomeadamente durante as noites, seriam indicados pelo preso no dia 22 de dezembro. O ministro autorizava-me a falar com a família no dia 25 de dezembro, do gabinete do diretor para o número da casa dos meus pais.

Já nada me espantava, nem na RDA, nem na minha vida, e foi com um misto de incredulidade e de regozijo que acolhi Emma. Também ela se mostrou agradada com o reencontro. Perguntei-lhe quem a enviava. Respondeu que vinha por vontade própria, tal como durante a mesma época do ano anterior ficara comigo de bom grado. Prometi pagar-lhe logo que os carcereiros me permitissem o acesso ao meu dinheiro. Riu-se e disse: "É proibido aceitar dinheiro dos presos. Nunca fiz tal coisa." A resposta intrigou-me. A minha visitante nunca tinha aceitado dinheiro dos presos? Já antes teria tomado parte em missões idênticas junto de encarcerados nas masmorras da Stasi? Soubera da minha prisão, disse, uma entre as centenas que tinham sido ordenadas em novembro, depois de descoberta a conspiração fascista chefiada por Ernst Bloch. Tentei explicar-lhe que não tinha feito parte de qualquer conspiração, ainda menos da supostamente dirigida por Bloch. Que era, tanto quanto sabia, uma conspiração suposta. Ela ouvia-me, desatenta, enquanto organizava a cela com cuidados de dona de casa. Era evidente que não estava interessada nem na versão oficial dos acontecimentos, nem nas minhas explicações. Estava, isso sim, desejosa de aproveitar as férias que a situação lhe proporcionava. Dormia na minha cama todas as noites e saía durante a tarde para as compras. A cadeia forneceu-nos um fogão elétrico com forno, um instrumento rudimentar que servia para aquecer os manjares que Emma trazia do exterior com permissão total dos carcereiros, que, segundo dizia, se limitavam a uma rápida vista de olhos, sem qualquer manipulação dos alimentos. A situação pareceu-me estranhíssima até admitir que Emma seria um dos muitos *inoffizielle Mitarbeiter*, os informadores que colaboravam com a Stasi.

Na intimidade da primeira noite, entre os lençóis lavados que trouxera de casa, Emma confidenciou-me que partira de Norma a ideia de me proporcionar festejos condignos de fim de ano (omitia qualquer referência explícita ao Natal, como era regra entre comunistas). Tinha sido Norma quem movera influências e empenhos, quem convencera Klaus e chegara até Mielke, provavelmente até Honecker. Mais do que isso, era Norma quem pagava todas as despesas, até a conta da própria Emma. A situação teve o condão de me arrebatar. Norma enviava-me Emma, pagava-lhe, e Emma aceitava de bom grado o papel de mensageira de Norma. Nos braços da mandatária vivia a minha paixão pela mandante. As duas completavam-se, no meu leito de prisioneiro e na dedicação, altruísta ou quase, que me dispensavam. Senti-me afortunado nesses dias fora do tempo e do espaço.

Emma preparou em casa peru, salsichas, carpa e legumes. Dos pais trouxe *Brezeln* e *Lebkuchen*. Ceámos à luz das velas nos serões de 24 e de 31. Só víamos os guardas quando Emma entrava ou saía da cela. Dirigiam-se-nos com desdém, certamente agastados com a cena. Com temperaturas negativas, abusámos da cama e dos álcoois. Madrugadas madrepérola, manhãs cinza, tardes brancas de neve, tão brancas como a roupa de cama do enxoval de Emma que, em sinal de afeto, a minha visitante estreou comigo. Berlim tornara-se silenciosa, imóvel, sonhada. Duvidei do local onde me encontrava, da era em que vivia, de tudo o que, de material e humano, me rodeava. Duvidei da minha existência. Quem era? De onde vinha? Para onde me dirigia? Essa terra de ninguém identitária intrigava-me e, confesso, não me era de todo desagradável.

No dia 25, telefonei à minha mãe do gabinete do diretor. Descrevi-lhe o jantar natalício em que tinha participado na noite anterior em casa de amigos, e o concerto dessa manhã na igreja de São Miguel. "Vejo que te tornaste devoto de São Miguel", comentou a minha mãe. No meio de tanta ficção, respondi-lhe com a realidade do meu convencimento: "Gosto de um santo que mata o diabo." "Pois o santo protege-te", continuou a minha mãe, "o Tonico comunicou ao teu pai que está a tratar do teu caso. Pessoalmente." Tonico era o *petit nom* do ministro do Interior, colega em Coimbra e íntimo do meu pai. Com os cuidados com que falava habitualmente ao telefone em coisas destas, a minha mãe dava-me a boa nova: talvez estivesse a salvo das malfeitorias da PIDE. Agradeci aos céus e ao meu progenitor: talvez uma polícia política a menos atrás de mim. Até ver. *Talvez*: um belo título para uma valsa, pensei. *Talvez*. Inventava cenários para uso da minha mãe com uma destreza que a mim próprio me espantava. Na infância e na adolescência não tivera nem necessidade nem oportunidade de mentir aos meus pais: eles faziam-no sinalagmaticamente. Experimentava agora, aos trinta e dois anos, a delícia juvenil da mentira para uso familiar. *Talvez*.

No dia 2 de janeiro, as férias terminaram. Regressei ao estatuto anterior, que, nos dias seguintes, se foi agravando. Mudei para uma cela menor, com uma sanita sem tampa, e sem banho. Comia do rancho comum e estava sujeito às arbitrariedades que sempre ouvira contar como fazendo parte das regalias da Stasi. Do teto da cela pendia uma ampola de luz branca, acesa dia e noite, que me feria os olhos e a alma. Era a mesma lâmpada que ilumina a *Guernica* de Picasso, uma granada, uma bomba, uma explosão eterna de luz mortífera. Só podia dormir de costas, acordavam-me várias vezes durante a noite aos berros, exigindo que mantivesse a posição, com os braços e a cabeça fora do cobertor. Deixei de ter acesso à biblioteca, fiquei sem recreio, retiraram-me papel, caneta e lápis. O banho era aleatório. Quando ignotas autoridades se dignavam permitir-mo, três guardas, armados de metralhadoras, conduziam-me através de um labirinto de corredores onde, ampliados pelo piso de cimento, os passos ecoavam em vagas de ressonâncias. No corpo central da prisão, a patrulha detinha-se na casa da guarda, para que o chefe me revistasse, cumprindo o protocolo aplicável a quem chegava do exterior. O duche frio, no balneário deserto, ficava limitado a três minutos. A regra era o alvitre ou o capricho dos guardas. Destes, um dos que tinham introduzido Emma na minha cela de luxo revelou-se particularmente odioso. Quando me trazia água, tinha o hábito de entornar o jarro, acusando-me, aos gritos, de o ter feito. Cabia-me apanhar a água com um esfregão meio desfeito e um balde cheio de urina. Na quarta vez em que esse tratamento me foi infligido, coube-me a mim gritar de indignação. Dezenas de guardas vieram apoiar a proeza do comparsa. Bateram-me com matracas, urinaram no balde enquanto eu lavava o chão com a creolina regimental. Sentia-me afundar numa vertigem de ignomínia, sem qualquer ligação com o exterior e sem hipóteses de defesa. Pedi um advogado, e os guardas riram-se. Pedi papel e caneta para escrever a Mielke, e o diretor convocou-me. Insisti no advogado, denunciei os guardas, exigi falar com Klaus, Mielke, Honecker, Deus Pai ou o Senhor dos Infernos. Sem me olhar, sem me nomear, o diretor prometeu fazer chegar as minhas súplicas à Radio Berlin International, onde, disse, havia quem se interessasse por mim. As violências terminaram. A carência das instalações manteve-se. Continuei sem livros, sem recreio, sem papel, sem canetas nem lápis, sem correio.

Em meados de fevereiro levaram-me para uma sala pequena, com uma mesa, duas cadeiras e gravadores de som e imagem. Uma sala de interrogatórios, onde se esqueceram de mim durante todo o dia. Ao fim da tarde trouxeram-me o jantar, melhorado em relação aos dos últimos tempos, e disseram-me que ia receber uma visita. Era Raposo, que entrou com o ar de homem satisfeito consigo próprio e orgulhoso da missão de que estava investido.

— Amigo – começou, recorrendo à condescendência do mentor em relação ao discípulo. Aplicava o vocativo que, na gíria comunista lusitana, designa os candidatos ao partido ou os ex-camaradas ainda não catalogados nas classes satânicas do inimigo. – Temos muitas questões a tratar, muitíssimas, mas que podem ser rapidamente resolvidas se estiveres pronto a reconsiderar os teus erros e a esclarecer alguns pontos obscuros. Entendido?

— Não sei – respondi secamente.

— Não sabes!? – A voz de Raposo tremia de irritação. – Que é que não sabes!?

— Não sei a que te referes. Não vejo o que tenho a reconsiderar ou a esclarecer. Não compreendo o que queres de mim.

Raposo ajustou os óculos de aros dourados que lhe conferiam o aspeto medíocre de agente do fisco e, convicto da razão que o movia, fixou-me com rudeza.

— Vejamos se não sabes – disparou. – Que é *Gerstäcker*? Que é *Gerstäcker Zwei*?

— Pergunta a Jürgen Erlanger. Pergunta a Klaus Lerner. Pergunta a Galileu. Qualquer deles sabe o que eu não sei.

— Vamos por partes – afirmou o meu novo carcereiro, dando um soco na mesa a título de firmeza ideológica. – Já disseste o que entendeste ao camarada Klaus Lerner, e não foi suficiente. Falaste muito ou pouco, sem nada explicar. Omitiste elementos essenciais da conspiração dirigida pelo traidor Bloch contra o Estado socialista alemão. O camarada Lerner quis evitar a tua encarceração. Não colaboraste, e o comité central ordenou a tua entrega às prisões do Ministério da Segurança do Estado. O camarada Lerner nada mais fará, nem pode fazer nesta encrenca em que te meteste, a ti e ao teu partido, que concordou com a tua participação numa diligência cujos termos não respeitaste. Quanto a Jürgen Erlanger, esse camarada morreu. Foi educado desde criança para assumir a pele de cidadão da República Federal. Cumpriu o papel que lhe foi atribuído, nomeadamente associando-te em Portugal à missão punitiva de Ernst Bloch. Foi ele que te escolheu, e admitimos hoje que a escolha não foi a melhor. Regressou à RDA e à personalidade que foi a sua de nascença. Jürgen Erlanger não pode confirmar ou negar o que dizes porque Jürgen Erlanger morreu. Quanto a Galileu, não conheço. Não faz parte desta peça. Não existe. Nunca existiu. É por isso que repito a pergunta: que é *Gerstäcker*?

— Sabes a resposta, tu e os outros que me mantêm preso. *Gerstäcker* é, era, foi, o nome da operação que tinha como objetivo o regresso de Ernst Bloch à RDA. Em certas condições e com o pleno acordo do filósofo, que receberia um alto cargo no Estado.

Raposo esforçou-se por exteriorizar uma expressão de sarcasmo. Percebi que tremia, de ira ou de insegurança.

— O objetivo da operação não era esse, mas sim atrair Bloch a Berlim Leste para que o povo alemão o julgasse por traição à Pátria.

— O que dizes é, para mim, novidade.

— Novidade!? Tu, com o apoio de serviços secretos imperialistas, subverteste o objetivo da operação.

— O que dizes não corresponde ao que se passou.

— E *Gerstäcker Zwei* o que é?

— Desconheço.

— O que foi?

— Desconheço.

— No entanto, tu pronunciaste esse código, que, de imediato, fez abortar a captura, ou antes, a recuperação de Bloch.

— É falso, nada disso se passou como dizes. Já expliquei a Klaus Lerner que não pronunciei qualquer código. Terei dito talvez *zum Zweiten Mal* ou *Zweitens*, ou algo assim. Terei recordado, talvez pela segunda vez durante o encontro na universidade, que nos encontrávamos em plena Operação Gerstäcker. Todos, até Bloch, tínhamos de estar conscientes do que se passava. Ora, toda a gente parecia de cabeça perdida.

Raposo contraiu os lábios, os maxilares, o pescoço, as mãos.

— No entanto – bradou –, temos gravada essa tua expressão, frase, chama-lhe o que quiseres. Temos a gravação do que se passou na universidade. A tua frase frustrou a operação. Isto é, tu frustraste a operação. Traíste os que em ti confiavam.

Respirei fundo. Parecia-me improvável que os incidentes na Universidade de Tübingen tivessem sido gravados. Ou antes: que uma eventual gravação estivesse nas mãos da Stasi, de Klaus, de Raposo, dos meus carcereiros.

— Impossível – arrisquei, erguendo a cabeça e o tronco. – Não pode haver gravação de algo que não proferi.

— No entanto, soaram alarmes e sirenes! – De pé, excedido, Raposo gritava-me aos ouvidos. – Fecharam-se portas e janelas, surgiram polícias armados...

— Desconheço que uma palavra, uma locução ou uma frase possua por si só a função irresistível de desencadear ações humanas e dinâmicas materiais, movimentando pessoas e coisas. Não sou linguista para poder dizer se isso é possível ou impossível. E não acredito em magia. Espero que tu e os que me acusam também não.

Raposo espumava, desorientado. Sentia-se desarmado, e eu percebi que tinha ganho uma batalha. O meu carcereiro português tocou a uma campainha. Abriram-lhe a porta e saiu, acusando-me de toda a espécie de traições e prometendo vingança. Voltou na manhã seguinte, tinha eu sido depositado pouco antes na mesma sala de interrogatórios. Entrou manso como um lobo vestido de cordeiro. Tratou-me por camarada, disse em tom plácido que me queria ver livre rapidamente. "Todos nós te queremos ver livre, podes ter a certeza." Um guarda entrou com dois cafés. Ambiente convivial entre o preso e o esbirro, outra faceta da prática carcerária.

— Pois então – começou, limpando tranquilamente os óculos a um lenço de papel –, temos de pôr um ponto final a esta situação. Os presos da conspiração dirigida por Bloch contra a República socialista estão condenados e bem condenados. O processo encontra-se concluído, os traidores cumprem penas. Como prevê a lei da Alemanha socialista, houve duas condenações à morte.

Deteve-se, espiando a minha reação. Fiz-me indiferente. De qualquer modo, nenhum dos meus próximos teria sido executado.

Em casos idênticos, os peritos nos métodos estalinistas sempre tiveram por norma sacrificar de preferência gente totalmente estranha às supostas conspirações.

— Execuções cirúrgicas, estou a ver – disse eu. – Nada tenho a ver com tudo isso.

— Só o teu caso continua por resolver, o que não é agradável nem para ti nem para nós. – Tal como em Lisboa, Raposo recorria à primeira pessoa do plural: falava em nome de dois partidos comunistas, do movimento comunista mundial, de Moscovo. – Gostaríamos que continuasses o bom trabalho que aqui tens desenvolvido na Radio Berlin International. Esse trabalho honra os comunistas portugueses. Os camaradas alemães reconhecem as tuas competências de jornalista. Sabemos que tens aqui uma companheira, o que te proporciona estabilidade emocional. Com as tuas qualidades intelectuais, os teus dotes e conhecimentos na música, podes ir muito longe. Se os camaradas alemães readquirirem a confiança em ti, espera-te um futuro brilhante. Vê o exemplo de Klaus Lerner, um homem que te aprecia: tem apoio para investigar, trabalhar, escrever, autorização para viajar, para assistir a espetáculos no estrangeiro, participar em congressos, etc. A RDA apoia os artistas e desenvolve uma política cultural que é um exemplo para o mundo, não é verdade? Concordas, tenho a certeza.

— Hum – murmurei, desejoso de saber até onde conduziria aquela preleção.

— Se quiseres, gozarás de uma situação idêntica à do camarada Lerner. Há um prestigiado curso de Ciências Musicais na Humboldt, que me dizes a um lugar de assistente, depois de professor, etc.?

— Etc., etc. – ecoei.

— Os camaradas alemães estão abertos a uma solução. E nós com eles. Para te apoiarmos necessitamos da tua ajuda. Tens de aceitar colaborar, não podes recusar a mão que te estendemos. Propomos-te que trabalhes em colaboração direta com as autoridades da República Democrática. Os teus talentos e conhecimentos possibilitam-te informar os camaradas alemães de muita coisa que passa despercebida ao cidadão comum. Não é verdade?

— Não sei a que te referes. – Senti que o sangue se me gelava nas veias. Saberiam os esbirros das minhas atividades de informação a soldo de Giménez?

Raposo prosseguiu com a mesma pose de boa vontade:

— Refiro-me a que a tua cultura te dá acesso a meios onde nem todos entram. É a isso que me refiro e é isso que nos interessa. Preciosas para as autoridades socialistas, essas tuas qualidades. És informado, culto, conheces muita gente, entras facilmente nos meios artísticos, culturais, jornalísticos, etc.

— Etc. – ecoei de novo, já mais tranquilo. Na palestra de Raposo, como nos interrogatórios na casa segura, não havia nem tinha havido, de longe ou de perto, quaisquer referências às minhas mais secretas missões na RDA, aquelas que efetivamente importavam, isto é, me importavam. – Etc. – repeti num suspiro. Começava a suspeitar o que me seria proposto por aquele "nós" tão universal e tão fraterno que se preocupava com o meu futuro na pátria alemã do socialismo. Raposo repetia-se, continuava a louvar a política cultural da RDA, elogiava-me, prometia-me o paraíso em Berlim Leste se eu colaborasse. Resolvi ser direto: – E com quem queres que eu colabore? Com a Humboldt? Com a Staatskapelle? Com a ópera?

Raposo corou. Hesitava. Voltou a limpar os óculos. De novo vi nele a reencarnação de um frade medieval, de uma gárgula, de um quasímodo.

— Bem – disse por fim num murmúrio. – Sabes perfeitamente que a colaboração mais eficaz é dirigida pelo Ministério da Segurança do Estado. As tuas aptidões, os teus conhecimentos junto de artistas e intelectuais, nós achamos que...

— Propões-me então que me torne um informador da Stasi. Estou a ver. Um *inoffizielle Mitarbeiter*, um colaborador, claro.

— Não sei se é esse o nome.

— O nome e a coisa. É isso mesmo. Colaborador não-declarado, secreto. Informador. Como em todas as polícias políticas das ditaduras. Como na... – Fiz uma pausa. – Estou a ver.

— Se vês as coisas assim... – Raposo engolia em seco. – Vês mal. Pedem-te que prestes um serviço ao socialismo, ao internacionalismo proletário. A abertura permitida do camarada Honecker tem as suas vantagens e as suas desvantagens. Há hoje nos meios artísticos muitos inimigos do socialismo. Dizem-me que conheces gente dessa. Que manténs contactos com artistas e escritores que, aqui como noutros países socialistas, se rebelam contra a autoridade do Estado operário. Uns por ignorância, outros porque se deixam conduzir por agentes do exterior.

— O exterior, pois é! – Eu fazia tudo para me conter. – Já ouvi dizer o mesmo dos rebeldes portugueses.

Raposo levantava o indicador direito, apontando para o caminho correto.

— Denunciá-los – garantia de ciência exata –, denunciá-los com os necessários cuidados conspirativos não pode ser comparado com o que fazem as polícias fascistas. Peço-te que reflitas. Vês mal.

— Vejo bem, muito bem. E digo não.

O Raposo manso transformou-se no Raposo bravo. De novo de pé, de novo espumando de ódio, ameaçou-me com julgamento, prisão perpétua, pena de morte. Traidor, estava definitivamente condenado ao Averno imundo dos comunistas.

— Ninguém sabe que aqui estás. Os camaradas alemães podem fazer de ti o que quiserem. O que lhes apetecer. O que a tua traição merece.

— Há quem saiba que aqui estou – arrisquei. Pensei em Vogelmann, esse bêbado ilustre. – Na delegação da República Federal que negoceia o tratado com a RDA há quem saiba que estou nas masmorras da Stasi e se interesse por mim. Supõe que vêm a saber que um dos meus carcereiros é português. Do Partido Comunista Português.

Esta ousadia valeu-me um novo capítulo da minha existência. Dois dias depois, na agradável companhia de Raposo e de Alberto, outro camarada português, um brutamontes com corpo e frontispício de pugilista, iniciei a viagem forçada de regresso a Portugal. Foi uma peregrinação histórica. Embarcámos em Rostock num cargueiro soviético, o Октябрь – lia-se oktyabr', o que em russo significa outubro. O navio transportava máquinas agrícolas com destino a Cuba e, segundo percebi, dada a inexistência de relações diplomáticas ou comerciais diretas entre Portugal e a URSS, não estava prevista a acostagem em qualquer porto português. Perguntei a Raposo para onde me levavam, e a resposta foi perentória:

— Para Portugal, para onde havia de ser? É aí que deves responder perante o partido pela infidelidade aos ideais antifascistas. Traíste miseravelmente a missão que o partido te confiou. Responderás em Portugal pelos teus atos.

— Em Portugal!? – Tentei a descrença metódica. – Só não vejo como.

— Verás. Verás tudo! – prometeu, definitivo e aterrador.

Passei cinco dias e cinco noites no porão do *Outubro*, no meio de máquinas agrícolas desmontadas. Entre as peças embaladas havia armas e, recobrindo as peças agrícolas e o armamento, leite em pó e medicamentos da Alemanha Oriental. Davam-me *borscht* com nata azeda duas vezes por dia e um copo de vodca à noite. Os marinheiros que me traziam os alimentos observavam-me com curiosidade. Interrogava-os com o meu fraco russo, tentando saber do futuro próximo, o deles e o meu, mas nunca obtive qualquer resposta. Passei o tempo a bordo numa sonolência permanente, inerte e sem forças, certamente porque me dissolviam soporíferos na comida e na bebida. Ao sexto dia fui acordado noite alta e arrastado para a ponte. Algures no meio do oceano, o *Outubro* reduzira a velocidade e adernava ao sabor das ondas alterosas, num balanço que fazia ranger cabos e costado. Na voragem da escuridão, a cadência das turbinas pulsava tenebrosa. Envolta em oleados e cobertores, a equipagem concentrava-se a bombordo.

Próximo do navio, divisava-se uma traineira. Uma escada de quebra--costas aguardava os três portugueses. A descida foi morosa, o vento e as vagas ora arredavam, ora acercavam a escada e a traineira. A escada, a que me agarrava com unhas e dentes, batia com rudeza no costado. A traineira desviava-se, evitando ser esmagada pelo cargueiro.

Os pescadores da traineira reanimaram-nos com aguardente. Ferido nas mãos, molhado, meio morto, adormeci sobre o aparelho de pesca. Pelas seis da manhã, fundeávamos em São Martinho do Porto. Um bote a motor largou-nos na praia. Não se via vivalma, as casas mais próximas estariam a uns quinhentos metros. Reconheci a concha, o areal e a vila onde, em criança, passava férias com os meus pais. Era uma mudança completa, a das férias. O meu pai exigia o transporte de um piano vertical, um pequeno *Yamaha* de que não se apartava nessas ocasiões. Passava um mês connosco e, nos outros dois meses das longas férias da minha infância, vinha nos fins de semana. Não tive uma infância de que me orgulhe, marcada pelo estudo do piano sem concessões, quer em tempo de aulas, quer em férias, e pela relação dos meus pais, glacial sem interrupções. Da carrinha para que Raposo me empurrou assim que saímos da água, identifiquei, no alto da vila, a casa que os meus pais arrendavam no verão. Essa proximidade contrariou-me. Tudo em redor me aborrecia, até o sol carmim que despontava e o mar turquesa da baía. Desagradavam-me as condições em que regressava a Portugal; mais do que isso: desagradavam-me Portugal e as memórias portuguesas que preferia apagar. Para cúmulo, a traineira de camaradas que me recolhera no alto-mar tinha um nome sinistro: *Esperança*.

A carrinha, uma Nissan de transporte de mercadorias, meteu pela estrada de Alfeizerão e entrou num armazém abandonado à saída da vila. Raposo, Alberto e o motorista amarraram-me, taparam-me os olhos e atiraram-me para o fundo do veículo, entre sacas de batatas e rações de suínos. Do mar à terra firme, tudo os meus carcereiros fizeram com sortes de gente acostumada a proezas deste jaez, em silêncio e sem me olharem. Recorri mentalmente a Zaratustra: "Qual a ponte que une o presente ao futuro? Qual a força que obriga a descer o que está em cima? E qual a que obriga o que é mais alto a crescer ainda mais?" Respondi com as palavras do profeta: "Agora a balança está imóvel e em equilíbrio. Coloquei num dos pratos três pesadas perguntas, e no outro três pesadas respostas."

Conduzida por um jovem com cara de Savonarola, a carrinha meteu por montes e vales, estradas de buracos e caminhos de cabras. Tanto quanto me apercebi da direção do sol através da venda nos olhos, concluí que nos dirigíamos para leste. Uma hora depois parávamos. Era no meio do campo, ouvia-se o canto dos pássaros e o rumor de uma fonte. Quando recuperei a vista, achei-me na primavera. Lá fui aos trambolhões para dentro de uma grande casa senhorial, cabeça de uma exploração agrícola, na Beira Baixa ou na Estremadura. Nada parecia coincidir com o mundo dos meus carcereiros e, no entanto, era numa casa do partido, ou de alguém que apoiava o partido, que me encontrava. Estariam ausentes os proprietários? Nunca o soube. Divisei apenas, de passagem, um compartimento onde dois indivíduos de má cara, submersos em fumo de tabaco, jogavam às cartas entre caixotes em desordem. Reservaram-me um quarto interior, sem janela, com uma sanita e um lavatório anexos. Um cárcere privado. Lavei-me como foi possível e barbeei-me com uma máquina elétrica, arcaica e suja, à minha disposição no lavatório. Sem direito a espelho. Trouxeram-me um frango assado, que devorei, e deixaram-me dormir toda a tarde. À noite, Raposo honrou-me com uma visita.

— Estás aqui – disse com solenidade carcerária – para responder pelo crime de traição. Estás certamente consciente dos perigos que corres se tentares furtar-te à vigilância do partido. Se aceitares o que, em nome do comité central, te proponho, tudo se passará sem incidentes. Poderás explicar-te e defender-te, os camaradas decidirão da pena aplicável. A pena máxima é, como sabes, a expulsão. Se fores expulso, libertam-te e disporás da tua vida como muito bem entenderes. Longe do partido. Se...

— Se?

— Se recusares comparecer perante o partido, isto é, se te furtares à nossa vigilância, terás, como bem sabes, a PIDE atrás de ti.

— Entregam-me à PIDE?

A ira vermelha que eu já havia observado em Berlim apossou-se de Raposo. Sem mesa para os murros, bateu repetidamente nas próprias pernas.

— É altura de pores um ponto final nas tuas provocações. – Tirou os óculos para me fulminar com um olhar de justiceiro míope. Voluntária ou involuntariamente, deixou cair do bolso das calças a *PPK*, a *Walther* de pequeno porte que eu já lhe vira em Sintra, idêntica às de Galileu e de Klaus. Agarrou-a e meteu-a no bolso interior do casaco. – Foste denunciado pelo traidor que te controlava antes da tua partida para Berlim. De momento, só nós te podemos proteger.

— Prendendo-me?

— Vamos por partes. Amanhã deixamos-te em casa da tua mãe, onde aguardarás o dia em que serás convocado pelo camarada máximo.

— Quem? O secretário-geral? Que honra!

— Será o camarada Júpiter a convocar-te. Até lá, isto é, durante um curto período de dias, poucos, temos a casa da tua mãe, que foi objeto de um reconhecimento rigoroso nas entradas e saídas, sob vigilância de noite e de dia. Como bem sabes, temos camaradas treinados para tarefas patrióticas desse tipo.

— Patrióticas!? – perguntei por entre os dentes, referindo-me mentalmente às qualidades dos proprietários da casa agrícola onde me encontrava.

Raposo fez ouvidos moucos e continuou:

— O prédio é perfeito para o que necessitamos. Aí permanecerás. Receberás diariamente a visita de alguém que conheces. Será esse alguém o mensageiro. Dir-te-á o que tens a fazer e podes solicitar-lhe os esclarecimentos que entenderes.

— E se eu não aceitar o que me propões?

— Abro-te a porta. Podes sair. Conheces as consequências.

Foi assim que, num sábado de fevereiro, me vi entregue de novo aos cuidados maternos. Antes da devolução, Raposo comprou-me roupa para eu poder substituir a fatiota que envergava desde Berlim, feita em farrapos nas peripécias marítimas. Deprimentes, as escolhas vestimentárias do meu carcereiro: calças, roupa interior, meias, camisas, um casaco, dois pares de sapatos e uma mala de cartão, tudo fancaria de bancas de ciganos a que tinham sido retiradas as etiquetas. A entrada em casa pela porta de serviço, vestido de saloio, deixou a minha mãe estarrecida. A criada desapareceu enquanto eu explicava o inexplicável à pobre senhora. Tinha uns dias sem aulas para preparar uma memória sobre a proximidade entre a Constituição de Salazar e a alemã de Weimar, e iria passá-los em Lisboa, encerrado em casa e em volta de livros e papéis. Quanto à roupa, contei que, de visita turística a Berlim Leste uns dias antes, tinha comprado por divertimento a indumentária à disposição dos alemães-orientais, um povo pobre mas que se dizia felicíssimo. Para ter acesso a tanta felicidade, decidira chegar a Portugal vestido como eles, à maneira do homem rico e infeliz que, à espera do milagre do contágio, veste a camisa do vizinho pobre mas feliz. A minha mãe não ficou convencida com as explicações, mas aprovou a minha intenção de não sair de casa enquanto estivesse em Lisboa. Afinal, o Tonico não podia garantir totalmente a benevolência da PIDE a meu respeito. "Diz-se em Lisboa que já nem o Presidente do Conselho domina a PIDE, quanto mais o ministro do Interior!" Com um riso de mofa acrescentou: "Claro que o teu pai e os amigos passam o tempo a chorar a falta de Salazar." Mandou-me tomar banho e mudar de roupa para poder jantar decentemente à mesa com ela e com a prima Felicidade. "Aí está a felicidade possível", disse, beijando-me na testa, "contentemo-nos, ou antes, contenta-te com o que há. E entrega-me essa roupa que trazes vestida para eu a dar aos pobres da paróquia".

Durante o jantar, a prima quis saber quando é que o primo se casava. Tinha ouvido descrever as alemãs como exigentes nos dinheiros e pouco amigas das tarefas domésticas, e aconselhou-me prudência. A minha mãe, que sempre ignorara a minha vida sexual, disse que desejava ser avó. Que eu lhe desse netos enquanto ela tivesse força para os ajudar a criar, filhos de portuguesa ou de espanhola, ou de alemã, se fosse essa a minha escolha. O tema avivou-me a recordação de Norma. Tive vontade de falar nela, o que, segundo se sabe, é sinal de estima, talvez de amor, pela criatura de quem se fala. Enquanto a prima Felicidade se perdia em jeremíadas acerca de filhos e netos que não tivera e da infelicidade que tudo fazia para lhe desdizer o nome próprio, perguntei a mim próprio se era amor o que sentia pela minha amante, ou melhor, pela minha amada de Berlim Leste. Recorri à sistemática de Stendhal, afastei por preconceito o amor-paixão, escolhi o amor físico, mas acabei por lhe adicionar o amor-gosto, às vezes, diz o mestre, mais delicado do que o amor verdadeiro. Não tive dúvidas: sentia por Norma algo de mais delicado do que amor verdadeiro, ente que, afinal, desconhecia. O paradoxo dos meus sentimentos só tinha correspondência na permanência dos meus sentidos. Ah, o perfume de Norma, a pele de Norma, o encanto ardente de Norma! Por reconhecimento, destinei também um pensamento a Emma.

Depois do jantar, dediquei-me a espreitar pelas janelas. Tanto em frente da porta principal, no Largo Andaluz, como na das traseiras, na Martens Ferrão, havia sombras mutantes em que, entre agentes de seguros, pugilistas e Savonarolas, identifiquei os meus carcereiros. Assim seria, invariavelmente, nos dias e noites seguintes. Na segunda-feira à tarde recebi a visita de Vítor Campos, o internacional de râguebi que, uma vez mais, fazia de mensageiro do partido. Possuía parco conhecimento do que se passava comigo e imaginou que eram da PIDE os esbirros que me vigiavam a porta. Nessa manhã, a minha mãe comunicara-me que o meu pai tinha telefonado, manifestando o desejo de me ver quando viesse a Lisboa.

Era urgente, ao que parecia. Estava doente, de cama, em mau estado, e queria falar comigo. "É melhor que o vás ver antes que telefone enquanto cá estás", disse a minha zelosa progenitora. "O telefone está certamente sob escuta e desta vez acertam." Informei o desportista da urgência de visitar o meu pai, antes que um telefonema dele alertasse a PIDE. Meio desorientado, saiu porta fora. Regressou duas horas mais tarde com deferimento do pedido. Viria buscar-me no dia seguinte para me levar de carro até casa do meu errático progenitor, numa transversal da Avenida de Roma. Eu movia-me por entre agentes, comissários e intermediários, e compreendi que a minha mãe se integrava numa dessas categorias. Transmitia-me recados do marido de quem estava separada e de quem conhecia telefone e morada, dados que eu ignorava de todo, mas que eram também do pleno conhecimento de quem me vigiava. Quanto à PIDE, confiei nos deuses que habitualmente me protegiam, na esperança de que a secreta portuguesa ignorasse a minha presença em Lisboa.

No dia seguinte de manhã, tive direito a motorista e escolta desde as traseiras da casa materna à casa paterna, ida e volta. O ilustre diretor do São Carlos vivia num segundo andar modesto de um prédio sem elevador. Quando Vítor Campos estacionou o carro, três patriotas aproximaram-se. Abriram a porta do meu lado e disseram em uníssono: "Cá estamos!" Era dia de Carnaval, não se via ninguém na rua, e o aviso pareceu-me uma deixa de foliões. A resposta do meu motorista foi do mesmo quilate: "Eis-nos chegados." Vítor Campos subiu comigo e esperou que me abrissem a porta para descer, declamando uma nova deixa: "Espero no carro." A partir desse momento, vi-me figurante numa farsa carnavalesca. Foi a segundo-violino dos meus sonhos antigos quem abriu a porta, estendendo-me a face direita para um beijo fraterno. Fraterno? Não, talvez materno. Manuela, Marina ou Mafalda era, como depressa compreendi, a amante ou, antes, a mulher manceba do meu pai. Gaguejei um bom-dia de espanto e irritação, ela devolveu-me um olhar de desafio gentil. Como no nosso último encontro em serão de *Carmen*, dobrou a perna esquerda, ergueu o braço direito, franziu a testa naquela sucessão de movimentos em que eu já tinha identificado uma *faena* e disse:

— Sou a tua madrasta, meu jovem amigo. É de mim, de nós, da família, que o teu pai te quer falar. Está de cama, teve ontem um segundo ataque cardíaco. Poupa-o, por favor, *please*!

— Poupo-o a quê? A uma conversa sobre a família? Qual família? Que complô é este?

— Não há nenhum complô, meu jovem amigo, isto é, meu filho. – Ri-me da cena de comédia de bulevar, ou antes, de revista do Parque Mayer a que assistia, o que não a deteve. – O teu pai conquistou o meu coração quando soube que tu me procuravas, isto é…

— Não sei a que te referes. Nem quero saber. Nem tenho família. Não tenho a tua.

O meu pai jazia numa cama de casal, envolto em cobertores e entre botijas de água quente. O quarto era um forno, ou melhor, uma câmara fúnebre na qual ele era o defunto e o oficiante. Para o *don* Pasquale, de Donizetti, só lhe faltava o barrete.

— Meu filho – gemeu –, estou próximo do fim e não quero deixar sem amparo esta pobre criança que tem consolado os últimos anos da minha vida.

— Criança!? – perguntei olhando em volta. A visada baixou os olhos.

— É mais nova do que tu. Será tua irmã, pois que não pode ser tua mãe. E a iníqua lei portuguesa, que proíbe o divórcio, para gáudio da tua mãe, que jamais o concederia, não permitiu que a pobre Manuela tivesse sido tua madrasta.

— Nada tenho a ver com esse libreto, pai. Nada.

— Tens muito. Confio em ti para, depois da minha morte, te ocupares da Manuela. Serás tu a entregar-lhe parte da herança que te cabe. – Arfava, tossia. Manuela deu-lhe água. – Tudo isto sem que a tua mãe se aperceba. Há sensibilidades…

— Sensibilidades, pai!? Que sensibilidades!? Há testamentos, isso sim. Despache-se, chame o notário. Ou o juiz de paz. Como o *don* Pasquale.

As festividades de Carnaval não ficariam por aí. Quando regressei a casa, a minha mãe, um tanto compungida, perguntou-me como tinha encontrado o meu pai. Percebi que queria sobretudo saber com quem o tinha encontrado, embora, pelo tom sinuoso da pergunta, fosse evidente que sabia mais do que eu. E que sabia que eu sabia que ela, a esposa ofendida, estava há muito ciente de tudo o que se passava com o marido adúltero.

— O ilustre melómano diretor do São Carlos – resumi – representou em jovem o papel de *don* Giovanni. Chegado à meia-idade interpretou com panache o *don* José da *Carmen*. Agora é o *don* Pasquale. Suspeito que a Carmen mantém o papel. – Cantarolei:

Com'è gentil la notte a mezzo april!
È azzurro il ciel, la luna è senza vel:
tutto è languor, pace, mistero, amor,
ben mio, perché ancor non vieni a me?

— Não sejas cruel, meu filho. – A modulação da voz situava-se entre o compungido e o vingativo. – O teu pai merece compaixão. – Percebi que prevalecia a vingança.

— O único ponto de proximidade com o meu pai foi a música. A tortura da música. O prazer da música. A relação dialética entre a partitura e a interpretação. Agora a música dele é outra. Nada nos une. Para o meu pai, regresso esta tarde a Berlim. Ponto final.

— Não te esqueças que Deus escuta as tuas palavras.

— Deus!? Nunca dei por isso.

— Deixaste de crer em Deus!? – A minha mãe sempre foi perfeita na provocação cortês. – Tu, meu filho!?

— Não dou muito por Ele. Quanto ao Diabo, pelo contrário...

— A propósito de Diabo, temos convidados para o jantar. Claro que os convidados nada têm de diabólico. Bem os conheces. - Aguardava interessadíssimo até onde a minha progenitora iria na invetiva. - Hoje de manhã, neste triste Carnaval de Lisboa com tudo fechado, aqui perto só a Leitaria Irlandesa servia pequenos-almoços. Pois imagina quem lá encontrei? O coronel Giménez e a tua prima Marita. Anunciaram-me com delicadeza militar que deixaram as respetivas famílias e vivem juntos, até que o divórcio seja um dia legalizado nesta nossa península retrógrada.

— Retrógrada? Há quem aproveite...

— Pois. Vivem amancebados, sejamos claros. Tempos modernos.

Disfarcei o mais possível o meu interesse, imenso, desmedido, colossal. Fiz menção de me dirigir para o meu quarto.

— Tenho de trabalhar. Só escrevi dez páginas de um ensaio de vinte. Quero trabalhar pela noite fora. - E num rompante: - Mas que tem a mancebia familiar a ver com o nosso jantar?

Triunfante, a minha mãe avançou:

— O Giménez e a Marita querem ver-te. Ficaram encantados quando lhes disse, pedindo reserva, evidentemente, que estás cá de passagem. Convidei-os para jantar. Paelha à galega. Fiz bem?

— A paelha? Ótimo.

— Os convidados, claro.

Encolhi os ombros. "Afinal, bem vistas as coisas, Deus existe", pensei, "e, o que é mais importante, escuta os meus pensamentos, antes mesmo que eu os formule. *Volle Fahrt voraus!*"

O jantar foi divino. A paelha e o flã caseiro, receita de Maria de Lurdes Modesto, tudo lavra da cozinha da minha mãe, e o *Vega Sicilia* 1968, oferecido por Giménez, serviram de álibi para uma conversa animada, repleta de subentendidos, alusões e duplos sentidos. Festejámos a ilegalidade feliz do casal de primos. A minha mãe defendeu o divórcio e fez votos para que eu não contraísse casamento religioso. Giménez defendeu o casamento secreto e o divórcio secretíssimo. Ele e Marita tinham ido a Guadalupe pedir a bênção da Virgem, o que equivalia aos divórcios de ambos e ao casamento de um com o outro. Três sacramentos numa única bênção, resumiu com clareza de oficial superior do exército espanhol. Entre brindes e votos, convidou-me a ensinar na Complutense, onde tinha conhecimentos. Na universidade, um centro de estudos cada vez mais livres, estavam em curso reformas profundas nos domínios das ciências sociais e económicas.

— Podes vir a estrear o *campus* de Somosaguas. Espera-te uma cátedra, *quién sabe*!

— Porque não? Em breve termino a Freie Universität – disse eu. – Vamos falar dessa hipótese.

Fomos. No meu quarto, enquanto as senhoras passavam em revista eventos e intrigas familiares, tratámos das pendências. Fumando cada um o seu *Cohiba*, como nos velhos tempos. Giménez foi efusivo. Julgava-me preso, torturado, condenado por um tribunal do povo da RDA, deportado para a Sibéria, possivelmente morto. Narrei-lhe as minhas aventuras desde Tübingen até Lisboa e a condição de recluso em que me encontrava. Mostrei-lhe de longe, com as necessárias precauções, os meus guardas de corpo. Ficou aterrado, considerou-me em perigo de vida, queria retirar-me nessa mesma noite de casa, de Lisboa, de Portugal. Opus-me. Em perigo de vida estava eu desde Tübingen e tinha sobrevivido. Queria ocupar-me daquela empresa até ao fim.

— Não vão levar a melhor, podes estar certo – garanti.

— Percebo. *Es de caballero. Una cuestión de honor.*

— Ou um ajuste de contas.

— *Una tentación.*

— Talvez. Oscar Wilde dizia que a única maneira de nos livrarmos de uma tentação é ceder-lhe. Se resistirmos, a alma adoece à força de ansiar por aquilo que lhe é proibido. Não me vou infligir essa tortura. Bem basta o que basta. Compreendes?

— Tenho absoluta confiança em ti. Dir-me-ás o que precisas. Os meus serviços consideram-te o nosso melhor recrutamento de sempre. O teu sucesso tem sido a nossa melhor carta de afirmação junto do governo. O Príncipe confia em nós, porque confia no futuro. Quando foste preso, tomámos precauções conspirativas, mas a nossa rede na Alemanha Oriental está intacta. Foste certamente sujeito ao soro da verdade do KGB, o SP-117, a droga que desgasta resistências e solta línguas.

— Como? Quando? Não dei... – A ideia da droga incomodava-me. – Como?

— Como? Sem dares por isso. Na água, no café, na comida. É um produto incolor, inodoro, uma droga invisível. Provavelmente, vamos usá-la em Espanha. Isto entre nós, claro.

— Estou a ver. – Lembrei-me do café e da água que Klaus me oferecera, da sensação de névoa que de mim se apossou na casa segura, da indiferença com que pensei em Norma, Jürgen, Vincent, Bloch e os outros.

— Deves ter dado tudo o que sabias *sobre los tratos sucios* para fazer regressar Bloch, herói nacional ou prisioneiro. O suficiente para a Stasi afastar, prender, condenar, executar quem quis responsabilizar pela conspiração, suposta ou não. Mas a nossa rede ficou intacta. Graças a ti.

Senti-me tranquilo:

— Era o essencial, claro. O resto... – Encolhi os ombros, numa indiferença que abrangia os que em Berlim Leste me tinham sido próximos. Mas poupei Norma à indiferença. – O resto é silêncio. O passado.

— Graças a ti, a Operação Gerstäcker *fué destartalada*. E a *Gerstäcker Zwei* foi um êxito absoluto. Bona está-nos rendida, ou antes, está-te rendida. Os meus camaradas do Ministério da Defesa exultam. A ZDF difundiu um documentário sobre Ernst Bloch. Lá vem uma intervenção do nosso filósofo sobre Antonio Gramsci, o tempo dos monstros, etc. Dizem-me de Bona que falava durante o assalto da Stasi...

— Sim, na reitoria de Tübingen. Bem me pareceu que se dirigia a um público invisível. Alguém o filmava do interior das estantes. E ele sabia.

— Filmaram-no, mas a reportagem nada revelou da conspiração e do nosso, do teu, trabalho. Segredo de Estado, de que demos *unas migas* à CIA.

Entrámos depois nas contas. Tinha à minha disposição na Caja de Zaragoza uns seiscentos mil dólares. Parte já investida na Bolsa de Nova Iorque. Outras contribuições viriam da Alemanha Federal. Esperava-me talvez uma condecoração na próxima Fiesta de la Hispanidad. Se possível, uma cruz de oficial da Ordem de Isabel, *a Católica*. Veríamos. Talvez tivéssemos de aguardar pela inevitável transição, em que Giménez apostava. Uma questão de poucos anos. O Príncipe era a esperança de quem, no governo e na oposição, pretendia uma transição pacífica. Mas o Príncipe era prudente para não irritar os ultras e o próprio Franco, embora este, na opinião do meu interlocutor, estivesse cada vez mais a leste do que se passava no país. Havia, a alto nível do regime, personalidades e quadros dispostos a encaminhar o Estado espanhol para a democracia. Falava-se muito em Adolfo Suárez, o diretor-geral da Radiotelevisión, como alguém com futuro no país do futuro próximo. O Príncipe apreciava-o, aconselhavam-se mutuamente. Tudo isto, do conhecimento dos serviços de informação da Defesa, tinha de ser protegido das intromissões da Político-Social. Ele, Giménez, e outros militares mantinham contactos com democratas, no sentido de os afastar dos comunistas. Estes afirmavam-se detentores do monopólio da luta contra o franquismo, fazendo valer mortes, condenações a trabalhos forçados, centenas de anos de prisão. Por isso era necessário, de vez em quando, mandar democratas de prestígio para a cadeia, dando-lhes a oportunidade de *hacer currículo*.

Terminada esta completíssima lição de política espanhola, Giménez comprometeu-se a arranjar-me, para o dia seguinte, 2000 dólares em líquido e um novo passaporte espanhol. Desta vez seria Antonio Lopez Lara, empresário. Um nome um tanto *gitano*, observei, entregando ao meu salvador uma fotografia a condizer. Quando eu desse por finda a minha *faena* em Lisboa, iria ter com ele a Madrid.

Depois, tinha o mundo livre à minha disposição. "*Date prisa, hombre, date prisa!*"

Quando fiquei sozinho no meu quarto, dei por mim a cantarolar Händel com voz de contratenor:

Lascia ch'io pianga
Mia cruda sorte,
E che sospiri
La libertà.

Na biblioteca, procurei o magnetofone que o meu pai trouxera de Berlim em 1938. Tinha a memória de uma gravação de árias de Händel que ouvíamos com frequência na minha infância. As fitas magnéticas estavam quebradas ou danificadas, mas ainda consegui ouvir, vinda do passado antiquíssimo, parte de um concerto da London Philharmonic Orchestra dirigida por sir Thomas Beecham. Aí estavam árias de Rinaldo cantadas por uma bela voz de soprano. Entre elas: "*Lascia ch´io pianga mia cruda sorte!*" Um bom sinal da Fortuna, pensei. Em breve estaria livre do pesadelo em cujos labirintos me perdera: fantásticos, imaginativos, estimulantes, amorosos, medonhos, mortíferos. Uma vez livre, tudo estaria à minha disposição: Madrid, Nova Iorque, dinheiro, o mundo. Até o reencontro com Norma, a bela Norma em quem não confiava mas que, muito provavelmente, amava. Iria procurá-la, se necessário até ao Inferno. Guardei cuidadosamente o magnetofone e as fitas. Berlim, 1938. Ano de glória para o meu pai, *don* Giovanni apostado em matar o Comendador. 1938 na Alemanha: *Anschluss*, Noite de Cristal, Acordo de Munique. Teria sido em Berlim que o meu *Elternteil* adquiriu o *São Tomé* de um anónimo barroco que, por cima da minha cama, me instruíra desde a infância no salutar princípio da dúvida.

No dia seguinte, Quarta-Feira de Cinzas, coube a Carminha, a nova aquisição galega da casa, meio afilhada, meio criada de fora, passar pelo consulado de Espanha, onde na portaria lhe entregaram um embrulho selado, dirigido à minha mãe. Foi pela porta de serviço, no meio de frutas e legumes, que o penhor do meu resgate entrou em casa. Carminha, convenientemente instruída pela madrinha, entregou-mo com um sorriso de satisfação. Tinha recebido um piropo do Savonarola de guarda, disse, vermelha de vergonha. "Ficaste da cor do teu nome", disse-lhe eu. "Carmim, Carmen, Carminha." Era bela, púbere e tristonha.

Do embrulho, que abri no meu quarto, constavam o passaporte e os dólares prometidos e um presente inesperado: uma *PPK*, a *Walther* de pequeno porte já minha conhecida, acompanhada de um texto de instruções datilografado em espanhol. Numa cinta de papel em torno da arma, um aviso datilografado: ATENÇÃO: *Travada. Carregada com seis munições*. Examinei-a. Calibre: 7,65 mm; capacidade de sete munições; cão externo; comprimento total: 155 mm; comprimento do cano: 83 mm. Manejável, facilmente transportável e utilizável. Completava o conjunto um punho de borracha, amovível, com um entalhe minúsculo em que reconheci, ou julguei reconhecer, o brasão do grão-ducado do Mecklemburgo. Li as instruções, sem saber o que faria quando chegasse a hora da entrevista com Júpiter. Levava ou não a *Walther*? Usava-a ou não? Chegaria à entrevista sem que me revistassem? Pouco provável. E não seria pior para o meu caso se me encontrassem armado? Ousaria ou não ousaria? Pelo sim, pelo não, reli as instruções, aprendi o uso, esmiucei o objeto do desejo e ensaiei o modo como o poderia ocultar, no bolso ou na roupa. Como numa *commedia dell'arte*, Vítor Campos entrou pouco depois pela porta principal. O encontro com Júpiter realizava-se na manhã seguinte. Suspirei de alívio. "Cá estamos!", disse ele, repetindo um código cuja cifra me escapava. Passámos a tarde a jogar xadrez. A minha mãe contribuiu para o festim com chá e bolo de laranja. A certa altura, até me pareceu ouvi-la dizer: "Cá estamos!" Por três vezes deixei em xeque-mate o rei de Vítor Campos. Às sete despediu-se de mim de lágrimas nos olhos. Abraçou-me. Foi a minha vez de dizer: "Cá estamos!"

Levantei-me de madrugada e joguei a solo uma partida de xadrez. Enquanto tomava o café, decidi arriscar tudo por tudo. Se sobrevivesse a uma emboscada, não poderia regressar a casa, onde os guardas de corpo me iriam buscar, e não mais me sentiria seguro em Portugal. Se (hipótese improvável), o tal Júpiter me libertasse, a minha permanência em Portugal também não era auspiciosa, pois que, no que dizia respeito à PIDE, as promessas do Tonico mantinham-se inconclusivas. Preparei-me, pois, para a partida: de casa, de Lisboa e do país. Faria os impossíveis para apanhar o avião das 16h30 para Madrid. Na carteira deixei apenas pouco mais de mil escudos. Ocultei os dólares e o passaporte nas partes íntimas. Num dos bolsos da gabardina, justificada pela manhã de chuva, enfiei a *Walther*, que envolvi no lenço de assoar. A dissimulação era duvidosa, mas, a partir do momento em que saísse de casa, tudo na minha existência seria progressivamente mais e mais duvidoso. Enchi-me de coragem e disse à minha mãe que as circunstâncias se tinham alterado, e que tinha de partir para a Alemanha nesse mesmo dia.

— Circunstâncias!? Quais!? – perguntou.

— As férias. O ensaio sobre Salazar e Weimar. Tudo.

— Tudo. – A minha mãe continha as lágrimas. Era uma mulher de espírito, que sempre respeitou as minhas escolhas na razão inversa à medida em que os pais e o marido tinham respeitado a dela. – Meu querido filho, desde há tempos que a tua vida avança entre o mistério e as histórias de quadradinhos. Prefiro as histórias de quadradinhos. Desta vez, eu vou supor que se trata de uma aventura sentimental, com peripécias agitadas e um fim feliz.

— Esteja descansada, querida mãe. O fim será feliz. Amanhã telefono-lhe.

— Vou rezar por ti a todos os santos.

— Não esqueça São Miguel. E já agora o meu São Tomé.

Vítor Campos veio buscar-me às 7 horas. Circulámos durante cerca de meia hora pela Baixa e o Cais do Sodré. Tomámos um café no Nicola. O meu companheiro procurava alongar o tempo.

— Tens dinheiro? – perguntou-me.

— Uns mil escudos na carteira.

— Dizem que traíste – avançou a medo, em dó sustenido menor.

— Dizem. – Encolhi os ombros. – É falso.

Insistiu em pagar os cafés. Era um homem sensível, que acreditava cegamente na causa que servia e pela qual estava disposto a fazer tudo o que lhe ordenassem. Ou talvez não, pensei, enquanto o via conduzir, tenso e em silêncio. Subimos a Avenida e, no Alto do Parque, Vítor parou junto de um *Toyota* todo-o-terreno. Conduzia-o Raposo.

— Revistaste-o? – perguntou este pela janela, dirigindo-se ao responsável pela entrega.

— Da cabeça aos pés. Está limpo. Só uma carteira com dinheiro.

Sentei-me ao lado de Raposo, que trancou a porta. Vítor Campos evitou o meu olhar e arrancou.

— Põe o cinto – disse Raposo. – Temos de sair depressa daqui.

Deixámos a cidade pelo viaduto Duarte Pacheco, depois do estádio metemos pela Marginal na direção de Cascais. Seguíamos em silêncio, Raposo ouvia os resultados das competições europeias. Por obscuras razões, reagia com entusiasmo às vitórias do Tottenham. Demos duas voltas à rotunda de Cascais.

— Que se passa? – perguntei.

— Nada. – Percebi que queria assegurar-se de que não éramos seguidos.

Foi debaixo de chuva intensa que continuámos para o Guincho. O Atlântico era um muro de trevas. Cortámos para o Abano.

— Vamos ter com Júpiter!? – perguntei. – Aqui neste ermo!?

— Onde havia de ser? Numa pastelaria da Baixa?

Por veredas e atalhos, o carro seguia lentamente ao longo da costa. Ouvia-se o fragor ritmado das vagas nas arribas, a trovoada no mar-alto, o ruído das escovas do limpa-para-brisas. O locutor resumia o Porto-Nantes. A ansiedade dominava-nos a ambos. No bolso direito das calças de Raposo, os solavancos do carro deixavam aperceber a pistola. Pelo volume, a *Walther* que eu já conhecia.

— Vamos esperar aqui – disse ele. Parou o carro e limpou meticulosamente os óculos.

Num ápice, vi a minha morte e a minha vida, o pavor das águas, a cólera da música e o reverso do tempo. Simulei um espirro e um ataque de tosse. Levei a mão ao bolso da gabardina em busca do lenço, destravei a pistola e, sem hesitar, visei a cabeça de Raposo. Uma, duas, três vezes. Um jorro de sangue irradiou pelos vidros e coloriu o assento do condutor. Afastei-me de um salto, a tempo de me poupar ao dilúvio. Com o lenço servindo de luva, limpei a minha *Walther*, coloquei-a na mão do morto e apropriei-me da pistola homónima que entretanto lhe caíra das calças. "Cá estamos", disse em voz alta. Saí do carro, destravei-o e empurrei-o na direção das arribas. Perdi-o de vista no declive das rochas. O estrondo da explosão confundiu-se com o tumulto dos elementos.

Créditos

TEMPO DE FUGA é uma confissão. Encontrei alguma vez aquele que se confessa ao leitor? Conheci-o de perto? Ouvi da boca dele o relato dos eventos romanescos em que se terá envolvido num país que desapareceu do mapa político da Europa e do Mundo? Talvez. Muitas vezes o ouvi contar essas andanças. Ou então, julguei ouvi-lo e acabei por considerá-las parte da existência desse que falava. Para efeitos novelísticos, dei-lhe o nome de Jorge Mathias, um aspecto físico e uma mente inquieta, sempre em fuga: de familiares, de amigos, de mim, dele próprio e daquele estádio inquietante a que chamamos realidade. Ao som de peças dos compositores de que ambos nos sentíamos próximos, Bach sobretudo, comecei a apropriar-me do desassossego existencial desse espectro. O ouvido atento e a erudição musical de Gilda Osvaldo Cruz foram, neste domínio, de um auxílio precioso e ajudaram-me a transformar o espectro em personagem de ficção. Depois, fiz como costumo fazer. Recorri a memórias pessoais e de quem conheceu a Alemanha governada pelo marxismo-leninismo. Destaco as conversas e os documentos que, apesar do que ideologicamente nos separava, partilhou comigo a minha querida amiga Fernanda Lapa, entretanto desaparecida, que nos anos 70 do século passado, na qualidade de militante comunista, percorreu a Alemanha de Leste. Li tudo o que encontrei acerca da República Democrática

Alemã e, especialmente, de Berlim Leste, isto é, *Berlin, Hauptstadt der DDR*. É abundante a literatura sobre esse Estado perdido no tempo e apagado no espaço: hagiográfica, até escrita por devotos portugueses, adversa e, mais raramente, neutra, talvez (quem sabe?) objetiva. Para me aproximar das vivências dos alemães de Leste, valeu-me, sobretudo, a autobiografia de Wolf Biermann, *Warte nicht auf bessre Zeiten* (tradução inglesa: *Don´t wait for better times*; tradução francesa: *Ma vie de l´autre côté du mur*). As crenças, as hesitações e a descrença final de Biermann em relação ao paraíso da República dita Democrática ilustram bem o que, durante quarenta anos, se passou do outro lado do Muro dito de proteção antifascista. As topografias físicas e intelectuais de Biermann, poeta e cantor de espírito livre, isto é, crítico, homem da geração de Jorge Mathias, serviram-me de guia para percorrer os itinerários do meu protagonista dos dois lados do Muro. Em Berlim, com Luísa Coelho, escritora e leitora de português nas universidades da cidade, com Lutz Hoepner, ex-cidadão da RDA, e com Francisco Assunção, que foi exilado político e redator da Radio Berlin International. Em Colónia com Aroldo Souza Leite e, de novo, com Luísa Coelho. Em Tübingen sem companhias locais. Sempre com a presença atenta e colaboradora da Anamaria. O manuscrito foi lido pacientemente por José Lima e Carlos Sousa de Almeida.

Tempo de Fuga, de Amadeu Lopes Sabino

Tempo de Fuga é um interessantíssimo livro que, sob as espécies do gênero já estabelecido de romance de espionagem, vai revelar-se a uma leitura atenta como uma meditação profunda e inquietante sobre alguns aspectos deste nosso tempo contraditório, fortemente marcado pelo declínio das utopias.

Aqui caberia fazer uma observação sobre o ofício do espião. Há algum que se pareça mais com o ofício do escritor? Ambos trabalham solitariamente. Ambos tudo observam e anotam do que possa vir a ser útil para seus trabalhos em curso. Ambos assumem múltiplas personalidades de acordo com as "missões" em andamento. Ambos devem ser dotados de confiável memória, para fins de verosimilhança e também para não se desviarem do papel desempenhado a cada momento. Uns arriscam a vida, outros a reputação literária. E ambos esperam ser remunerados convenientemente, um com dinheiro, o outro com a glória e grande número de leitores entusiastas.

A trama deste romance na primeira pessoa me faz pensar na modalidade enxadrística da "simultânea", ou seja, numa partida de xadrez em que um único jogador enfrenta sucessivamente 20 ou 30 oponentes, um após o outro, num mesmo recinto. No caso presente, o jogador-espião narrador se defronta com militantes portugueses do PC, com um agente secreto do exército franquista, com sua própria família, com um ator do Berliner Ensemble *doublé* de membro da Stasi, com um filósofo dissidente e assim por diante, tendo de manter-se coerente no seus diferentes disfarces diante de cada um dos seus interlocutores.

Julgo que chamar-se Amadeu já predispunha o autor a escrever um livro em que a música surgisse como metáfora principal do seu arcabouço literário, seja no título, seja na própria estruturação do romance. O presente romance, como pretendo demonstrar, está construído como uma fuga caranguejo em movimento contrário, da qual o mais famoso exemplo é um dos *ricercare* da *Oferenda Musical*, de Bach, que o próprio Johann Sebastian intitulou *quaerendo invenietis* (procurando, acharás).

Essa forma, como se há de imaginar, é extremamente intrincada, e lográ-la sem sacrifício da beleza sonora do resultado ou, no caso deste romance, sem diminuição da dramaticidade e da plausibilidade do enredo, é um apanágio dos mais bem dotados nos respectivos ofícios.

A idéia da qual provém tanto o título como o desenvolvimento da ação do romance me parece clara: o exílio como fuga, esta última nos dois sentidos. O que constitui uma Fuga, em música? É uma obra necessariamente polifônica, na qual um tema ou sujeito principal se faz ouvir no início, – seguido ou não de um contra-sujeito – o qual será repetido nas diferentes vozes e em diferentes tons segundo o desenvolvimento harmônico da peça, finalizando a obra com a volta do tema na tonalidade principal. Cabe lembrar que o maior artífice de fugas da história, Johann Sebastian Bach, jamais compôs uma fuga que obedecesse rigidamente a todas as regras canônicas do gênero.

Neste romance de Amadeu Lopes Sabino, o sujeito principal é o narrador na primeira pessoa, cujo nome, muito adequadamente, é Jorge Mathias. Porquê adequadamente? Primeiro por prestar homenagem ao decano do gênero de espionagem no século XX, John Le Carré, cujo herói se chama George Smiley. E, depois, porque chamar-se Jorge predispõe à matança de algum dragão.

Seja como for, esse narrador-protagonista, desiludido da sua primeira adesão à utopia do comunismo, decide exilar-se. E escolhe justamente como seu destino uma cidade sob muitos aspectos utópica na sua capacidade de regeneração, que é Berlim. E escolhe não apenas Berlim, mas Berlim Oriental, pois, tido por seus co-militantes portugueses como um colaborador fiel, consegue ser enviado àquela cidade, sob o disfarce de redator cultural de uma rádio do Estado, em missão de espionagem.

O contra-sujeito desta fuga literária, e que surge com grande força na parte final do romance, é o filósofo alemão Ernst Bloch, pensador marxista que já foi chamado de "esotérico" por ter defendido teses bastante estranhas ao credo leninista-estalinista. Forçado a fuga/exílio já em 1933, um mês após a ascenção de Hitler ao poder, acaba por regressar em 1949 à sua ainda dividida terra natal. Podendo instalar-se na parte ocidental, pois fora convidado para ensinar em Frankfurt-am-Main, Bloch prefere tornar-se, durante algum tempo, o filósofo oficial – publicado, premiado e reconhecido – da República Democrática Alemã. Foi em Berlim Oriental onde ele pôde assumir, pela primeira vez, uma cátedra de filosofia, já aos 64 anos de idade.

Enquanto Jorge Mathias se afastou da ideologia outrora abraçada, Bloch – embora jamais tenha concordado em ingressar no Partido Comunista Alemão – nunca abjurou do marxismo nem tão pouco da sua aderência aos fundamentos humanistas de sua formação. Na sua obra fundamental, *O Princípio Esperança*, (*Das Prinzip Hoffnung*), postulou que os erros e desvios históricos de uma prática social utópica permitem aprender da experiência e reformular uma dada doutrina política, de forma a manter vigente o horizonte utópico do ser humano, sem o qual a vida perde o sentido.

Aí temos, portanto, contrastantes, como devem ser os duplos temas de uma fuga, (como também os de uma sonata ou sinfonia), dois personagens polarmente opostos e que vão dominar a ação do livro.

Como iremos perceber, nenhum deles está isento de "dissonâncias". De um lado, o "dissonante" filósofo Ernst Bloch, marxista *sui generis* que considera a religião como possível e vigoroso motor de uma revolução social (dedicou um livro à figura de Thomas Münzer, o sacerdote derrotado e enforcado que chefiou a Guerra dos Camponeses na Alemanha no tempo da Reforma), e aceitou permanecer durante anos na República Democrática Alemã, até que suas posições críticas, como por exemplo à invasão soviética da Hungria na revolta de Budapest, o fizessem castigar pelas autoridades com censura às suas obras e a reforma universitária antecipada.

Frente a ele, personagem histórico, encontramos o imaginário Jorge Mathias, verdadeiro exemplar do homem sem qualidades, à maneira de Robert Musil. Ex-comunista *in petto* que trai a antiga causa, de diversos modos e na relação com seus diferentes comparsas e interlocutores, é um perfeito hedonista, mercenário, fruidor das mulheres que encontra pelo caminho sem todavia ser capaz de amar qualquer uma delas, *gourmet* amante de bons vinhos e até mesmo fumador de charutos *cohiba* (irónica adesão por parte de um ex-comunista).

Mas eis que, no último episódio ficcional e surpreendente do romance, é justamente tal personagem proteico e marcado pelo cinismo ideológico que vai assumir um papel arriscado, através do qual consegue impedir o velho filósofo de sofrer um rapto violento arquitetado pela Stasi. É ele, simbolicamente, poderíamos dizer, quem vai salvar a esperança.

Como sabemos, no sistema tonal são as dissonâncias que fazem mover-se a trajetória da música: a consonância é estática, não movimenta o canto. São as dissonâncias, por vezes resolvidas, por outras adiadas ou interrompidas, que vão permitir o desenvolvimento de uma ideia musical.

Rico em personagens dinamicamente dissonantes, o romance de Amadeu Lopes Sabino decorre rápido e fluente diante dos nossos olhos hipnotizados.

A epígrafe do livro, tirada de Nietzsche, dá-nos a melhor chave para entrar neste romance intrincado e intrigante: "Se pudéssemos imaginar uma encarnação da dissonância – e que outra coisa é o homem – necessitaria tal dissonância, para poder viver, de uma ilusão maravilhosa que cobrisse a sua própria essência com o véu da beleza" (*Origem da tragédia*, parágrafo 25).

Uma citação de Schiller, no seu drama *Don Carlos*, mencionada com ênfase no decorrer do romance, é o famoso recado de Posa ao desgraçado príncipe: "Diga a ele que deve respeitar os sonhos de sua juventude quando seja um homem."

Assim como os interpreto, os dois "temas" (na acepção musical) do romance, e que se desenvolvem paralelamente e em movimento contrário, são essas duas existências marcadas pelo exílio enquanto fuga. O tema do espião/melômano não-ideológico, Jorge Mathias, por um lado, e o tema do ideólogo, igualmente melômano e mesmo musicólogo, que é Ernst Bloch do outro (um de seus primeiros livros, *O Espírito da Utopia*, de 1918, contém no seu núcleo uma filosofia da música).

Enquanto um deles, Jorge Mathias, vai ao exílio e volta, o outro, Ernst Bloch, já regressou do exílio. Enquanto um abandonou "a ilusão maravilhosa", o outro a desenvolve ao longo de uma obra extensa, diferenciada e de grande influência. O diálogo tácito entre essas trajetórias distintas e inversas estrutura o romance de Amadeu Lopes Sabino que temos em mãos. A leitura de *Tempo de Fuga*, mantendo-nos ligados e acesos durante toda a extensão do romance, fascina-nos e, mais do que isso, obriga-nos a pensar.

Gilda Oswaldo Cruz
Pianista e escritora

Pólen Soft 80 gr/m2
Tipologia Adobe Devanagari
Impresso no Verão de 2022

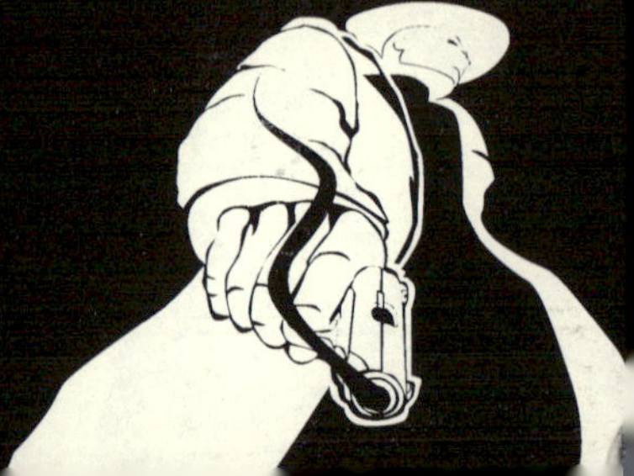